조금 서툰 인생이라도
너라서 아름답다.

지은이

고용환(수아팝)

삶이 지치고 힘들 때
글쓰기로 상처를 치유하고 솔직함을
사람들과 공유합니다.

저서로는 〈보잘것없는 사람〉이 있으며
브런치 작가로 활동하며 글을 씁니다.

브런치 | brunch.co.kr/@yhjade
이메일 | korn8405@gmail.com
인스타그램 | daman.k84

아빠가 딸에게 전하는 고민 처방전

조금 서툰 인생이라도
너라서 아름답다

고용환 지음

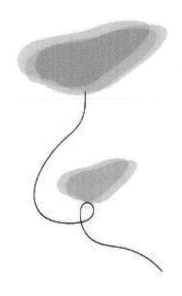

꼭 남들처럼 살아야 행복한 건 아니란다.

인생에 모범답안은 스스로 정하면 된단다.

차 례

너는 내 삶의 전부란다.

인생이 아름답다고
말한다면 그것은 분명
너를 만났기 때문이란다.

책을 시작하며

작은 빛이 존재한다면 아무리 어둠 속에 있어도 큰 위안이 된다. 그래서 누군가에게 영원히 꺼지지 않는 빛이 되어보고 싶다고 감히 생각했다.

그 욕심은 너라는 존재가 세상에 태어나고 더 강렬해졌다. 그만큼 나를 더 불안하게 만들었다. 한없이 여리고 작은 손길 없이는 한순간도 버틸 수 없는 그런 나약한 존재인 너를 보면서 네가 어른이 되어가는 동안 옆에서 작은 빛이 되어 비춰주고 싶었다.

비록 완벽한 정답을 줄 수는 없지만 살다가 힘든 순간이 찾아오면 이 작은 책이 도움이 될 수 있도록 살아가면서 필요한 지혜와 아빠의 경험을 바탕으로 얻은 생각들을 현실적인 조언과 함께 담았다. 여자로 살아가면서 만나게 인생에서 만나게 될 고민의 순간들을 생각하며 오직 너를 위해 글을 썼다.

물론 언제가 아빠라는 사람이 너에게 그저 답답하고 말도 안 통하는 그래서 옆에 있는 것조차 불편해지는 순간이 올 수도 있다는 것을 알고 있지만 포기할 수 없었다. 이렇게라도 넘치는 사랑과 너에 대한 걱정을 흔적으로 남겨둬야 마음이 편한 미련한 사람이 바로 아빠이기 때문이다.

너의 작은 손을 잡고 동네를 걷고 있으면 한없이 맑은 너의 영혼 때문에 칙칙하고 어두운 세상도 눈부시게 밝게 보이곤 했다. 그리고 이 세상에 너무 감사하다고 너를 만나게 해줘서 너무 행복하다고 수없이 속으로 말했다.

그만큼 너는 내 안에 작은 우주이고 내 삶의 전부이다. 그리고 아빠의 하나뿐인 마법사다. 아무리 힘든 일이 생겨도 너의 웃음이면 한순간에 모든 것이 행복하게 변하는 삶의 원동력이자 행복의 원천 그 자체가 바로 너였다.

이 벅차오르는 행복의 감정들을 모두 글로 표현할 수는 없지만, 이 땅 위에서 살아갈 너의 인생에 등

대이자, 나침반이 되어주고 싶은 아빠의 욕심을 담았다.

오로지 너의 행복만을 생각하면서 매일매일 눈을 뜨고, 감는 모든 시간이 찬란하고 아름답다. 그리고 아빠의 딸로 태어나줘서 고맙다고 언제나 감사하다고 너에게 말해주고 싶다.

너를 만나 이 세상에서
가장 행복한 한 남자, 아빠가

모든 기준의 시작은 너를 중심에 두고

너를 먼저 아끼는 것에서부터

시작해야 한단다.

너 자신보다 소중한 건 없단다

살면서 맺는 관계는 항상 어렵고 우리는 힘들게 한단다. 그 관계가 아무리 사소해도 상처를 남길 수 있고, 믿음과 신뢰가 쌓인 깊은 사이라고 해도 아픔을 줄 수 있단다.

그런데 우리는 남에게 받는 아픔과 상처만 생각한 단다. 그보다 먼저 생각할 것은 바로 나도 그런 고통과 상처를 남에게 줄 수 있다는 것이란다. 그 이유는 애석하게도 우리 인간은 참으로 불안정한 작은 존재이기 때문이란다.

남에게 고통받기 싫고 자기감정이 상하는 것은 자존심 상해하면서, 남에게 그런 고통을 자신이 주는

지는 잘 보려고도 알려고도 하지 않는단다.

나는 네가 살면서 좋은 사람만 만나기를 언제나 갈망하고 소망한단다. 그리고 하찮은 사람들에게 상처를 받고 힘들어하지 않았으면 하는 이기적인 생각을 한단다.

모든 사람이 다 훌륭하고 완벽한 것은 아니므로 때로는 가치가 조금 떨어지는 사람에게 혼나거나 싫은 소리도 듣게 된단다. 그럴 때는 그냥 웃어넘 겼으면 좋겠다. 그냥 살짝 모자라는 사람이 그런 말을 했구나 하면서 그 말을 머릿속에 담아주지 말 았으면 한단다.

물론 쉽지 않겠지만 그리고 그 상처가 평생 기억 에 남을 수도 있겠지만, 아빠가 말한 것처럼 완벽 한 사람도 없고 모든 것을 다 잘 하는 사람도 없기 때문에 그냥 넘겨도 된단다.

인생이라는 아주 긴 여정 속에서 맺어지는 모든 관계를 다잡으려고 하지 말고, 가장 소중한 너 자

신을 먼저 지켜야 한단다. 이 세상에서 너 자신보
다 소중한 건 없단다.

믿어주는 사람을 곁에 두기

살다 보면 가끔 나를 믿어주는 소중한 사람을 만나기도 한단다. 그런 사람을 만난다면 곁에 두기 위해 너도 노력해야 한단다.

어떤 실수를 해도 옆에서 지켜봐 주고 응원해주는 사람이 있다는 것은 그 어떤 것과도 바꿀 수 없는 정말 소중한 것이란다.

대인관계를 꾸려가는 능력은 누군가로부터 배우는 게 아니란다. 많은 실수와 경험을 통해 자신만의 기준을 세우고 자기와 맞는 사람을 찾아가는 길고 힘든 과정이란다. 그래서 아빠도 지금까지 연습하고 노력하고 있단다. 하지만 나이를 먹으면서 조금 달라지는 거 같기도 하단다.

어릴 때는 주변에 사람이 나를 떠나가는 게 너무도 싫었단다. 마치 내가 그 사람들로부터 가치가 없어진 거 같다는 생각에 슬프기도 했지. 그런데 살면서 어려운 일을 몇 번 경험하고 어른이 되는 과정에서 그저 사람이 주변에 많은 것이 마냥 좋은 게 아니라는 것을 알았단다.

아무리 전화번호부에 사람이 넘쳐나도 아픔과 걱정을 나눌 사람이 없기도 하고, 반대로 고통을 이용하려는 못 된 사람들을 만나기도 했단다.

주변 사람에 너무 집착하지 마라. 대신 너의 가치를 알아봐 주고 응원해주는 소중한 인연에만 집중해라. 주변에 불필요한 사람을 골라서 과감하게 인생에서 지우는 연습은 빠를수록 좋단다.

그래야 너의 소중한 시간을 정말 소중한 곳에 쓸수 있단다. 결국, 우리가 살면서 나중에 기억하고 싶은 순간들은 나 자신이 너무 행복해서 영원히 간직하고 싶은 순간들만 가슴에 저장된단다.

 그렇다고 처음부터 너무 마음의 문을 닫고 모든 사람을 의심하지 않았으면 해. 네가 마음에 문을 열지 않으면 좋은 인연은 절대 다가오지 못하고 너의 마음 앞에서 떠나 버린단다.

 좋은 사람들이 들어 올 수 있도록 넓은 문을 가지고 있는 것은 너의 몫이란다. 단지 그 넓은 문을 통과해서 들어 온 수많은 사람 중 보석 같은 사람을 찾아서 너의 마음에 정착할 수 있도록 기회를 주는 연습을 해야 한단다.

 그리고 너도 누군가에게 소중한 사람이 되기 위해 노력해야 한단다. 함부로 대할 수 없도록 꾸준히 삶에 필요한 지식을 습득하고, 가벼운 사람처럼 보이지 않기 위해 행동에 무게감이 있는 그런 사람이 되어야 한단다.

 인생이라는 짧지도 길지도 않은 여정 속에 같이 웃으면서 걸어갈 수 있는 사람이 있다면 그 자체로 빛이 나는 삶이란다.

자기 이야기만 하는 사람과 거리 두기

여러 가지 이야기 중에 이렇게 인간관계에 대해 처음에 많은 이야기를 하는 이유는 그만큼 어렵고 우리를 힘들게 만들기 때문이란다.

나이를 먹고 여러 가지 일을 하다 보면 여러 유형의 사람을 만나곤 한단다. 그중에서도 거리를 두어야 할 사람들이 있단다. 물론 각자 맞는 스타일에 사람들이 다르므로 꼭 정답이라고 할 수는 없단다.

그래서 지금 말하려고 하는 자기 말만 하는 사람이 너에게는 대수롭지 않게 여겨질 수도 있단다. 그럼에도 자기 이야기만 하는 사람은 곁에 두고 신뢰하기 좋지 않단다.

보통 우리는 듣는 것보다 말하는 것을 좋아한단다. 언어라는 아름답기도 하고 때로는 무서운 수단을 이용하기 위해서 말은 필수요소이기 때문이지. 그래서 말을 많이 하는 사람은 주변에서 찾기 쉽단다. 하지만 자기 이야기만 집요하게 하는 사람은 그냥 말이 많은 것과는 다르단다.

우선 그냥 말이 많은 수다쟁이는 그냥 말하는 걸 좋아하는 사람일 가능성이 크단다. 하지만 자기 이야기만 앞세워서 계속 말하는 사람은 모든 일에 중심에 자신을 세운다는 것을 의미한단다.

그런 부류에 사람에게 어떤 이야기를 해도 자기에게 득이 되는 식으로 해석하고, 남의 이야기도 자신의 일부분으로 포함해서 말을 퍼트리고 다닌단다. 한마디로 자기 말고는 그 어떤 것도 중요한 게 없는 사람이지. 그런 사람들은 가끔 호의를 베푸는 태도로 사람을 유인하고 위장하기도 한단다. 그리고 생각보다 많은 사람이 그런 속임수에 쉽게 넘어간단다.

자기 말을 많이 하는 사람들은 겉으로 보면 자신감 넘치고 매력 있게 보이는 경우가 많아서 인기가 있단다. 그래서 그런 부류의 사람들에게 비밀 이야기를 하거나, 남의 뒷말을 쉽게 하기도 한단다.

하지만 그런 사람들은 그 앞에서는 호응하고 손뼉을 쳐주지만 돌아서면 돌변하는 경우가 많단다.

남의 이야기를 듣는 것도 자기가 이렇게 좋은 사람이라서 남들에게 도움이 된다는 자기성과로 포장하고 윗사람에게 과시하기 위한 용도로 사용하기도 한단다.

흔히 이런 사람들은 권력욕이 많아서 주변 사람들을 잘 관리하기도 하는데 대부분 도움이 되고 힘이 센 사람에 대하는 태도와 약한 사람에 대하는 태도가 다르단다.

그렇게 주변을 강한 울타리로 만들고 계속 그런 사람들에게 자기 이야기를 해서 성과를 극대화하고 남들 위에 서려는 거지.

이런 사람이 주변에 있다면 적당한 거리를 두는 것이 너의 인생을 조금은 단순하면서 복잡하지 않게 만든단다.

대신에 너 자신도 말을 할 때는 항상 조심해야 한단다. 말은 절대로 주워 담을 수가 없다는 것을 명심하고 신중하게 소리를 만들어야 한단다.

아빠는 말을 별로 안 하려고 애쓰면서 살았단다. 그렇다고 원래 조용한 사람은 절대 아니란다. 하지만 말을 아끼려고 의도적으로 많은 노력을 했지. 살다 보니 말을 많이 하면 언제나 그 뒤에 무언가 대가가 따른다는 것을 배웠단다.

좋은 의도로 한 이야기도 억양과 표정 그리고 상황에 따라 나쁘게 들리기도 하는 게 말이란다. 그래서 말보다 글을 좋아하기 시작했단다.

아빠가 젊을 때 모시던 군대 지휘관이 있었단다. 아주 꼼꼼하고 신념이 강하고 생각이 깊은 분이셨지. 그런데 남의 말을 잘 듣지 않으셨단다. 그래서 같이 업무를 하면서 가끔 힘들었단다. 그분은 말도 참 아끼는 사람이었단다. 그런데 어느 날 누군가 다른 곳을 보내달라고 아빠를 통해 건의했고, 직책이 그런 일을 하는 사람이라서 보고를 했단다. 그런데 그분이 안 된다고 단칼에 잘랐지.

아빠는 당시 어렸지만, 그분에게 정중히 다시 들어가서 몇 번이나 말을 하려고 애를 썼지만 결국 쫓겨나고 말았단다. 그래서 며칠 동안 고민하다가 결국 손 글씨로 진심을 담아 편지를 써서 조용히 그분 책상 위에 올려뒀단다.

그렇게 시간이 지나고 그분이 떠날 때 아빠를 불러서 말했단다. 한 참 나이 어린 아빠에게 한 수 배웠다고 진심으로 고맙다고 말씀해주셨지.

말을 듣지 않고, 자기 이야기만 하는 사람에게는 어쩌면 글로 표현하는 것이 좋은 대안이 될 수 있다는 것을 아빠는 배웠단다.

속도가 느려도 변화하는 사람과 친해지기

주변에 괜찮은 사람이 많다는 것은 분명 자신도 괜찮은 사람이라는 것이다. 끼리끼리 논다는 말을 살면서 많이 듣게 될 텐데 정말 신기하게도 끼리끼리 논단다. 그런데 매력이 넘치고 똑똑하고 인기가 많은 사람을 주변에 두려고 억지로 너를 희생하지 않았으면 좋겠다.

물론 너 자신이 그런 사람이 된다면 좋겠지만, 살다 보면 원하는 것을 이루는 것이 정말 어렵다는 것을 금방 깨닫게 된단다. 하지만 처음부터 그렇게 멋지고 괜찮은 사람만 찾으려고 하지 말고 길게 볼수록 매력 있는 사람을 찾아서 곁에 두었으면 좋겠다.

사람마다 가치관이 다르고 살아온 환경이 다르단다. 어릴 때는 다 비슷해 보이고 조금만 잘 해도 정말 하는 사람이 되기 쉽지만, 어른이 될수록 모든 사람이 정말 비슷하다는 것을 깨닫게 된단다.

사실 그건 너의 능력치만큼 주변 사람들이 모이기 때문에 너랑 비슷한 사람들이 주변에 많이 생기는 거란다. 예를 들면 네가 정말 공부를 잘해서 좋은 대학에 가고, 그곳에서 좋은 성적으로 졸업을 해서 큰 기업에 취직했다고 한다면 너는 너랑 비슷한 노력을 한 사람들과 함께 사회생활을 시작하게 될 확률이 매우 높단다.

반대로 학창시절 조금 방황하고 아직 무엇을 좋아하는지 몰라서 성과가 미비했다면, 너의 첫 직장은 그렇게 좋지 못할 확률이 높겠지. 그리고 거기서 만난 사람들도 너와 비슷한 정도의 노력과 과정을 경험한 사람들이 그곳에 왔을 가능성이 크단다. 그래서 끼리끼리는 언제나 자연스럽게 형성된단다.

현재 자신이 속한 관계에서만 해답을 찾으려고 하

면 안 된단다. 하지만 끼리끼리는 충분히 변화시킬 수 있단다. 그리고 주변에 만나는 사람이 달라지면 인생도 달라진단다.

만약에 첫 직장에서 연봉도 작고 초라한 회사에서 시작했는데 몇 년이 흘러 어떤 사람은 다른 좋은 직장으로 이직을 했다거나, 사업을 시작했다거나 하는 엄청난 성장을 한 사람들을 종종 보곤 한단다.

이럴 때 보통 사람들은 그 사람의 결과만 보고 그냥 그 사람이 그렇게 된 이유를 추측하지. 하지만 그건 잘못된 생각이란다. 물론 너 자신이 그런 사람이 된다면 더 바랄 것이 없겠지만 그 사람을 주변에 두는 것도 네가 성공하는 것만큼 가치 있단다.

직장을 다니는데 매일 밤 다른 어떤 것을 배우겠다고 자기 시간을 아껴서 노력하는 사람을 만난다면 조용히 옆에서 응원하고 지켜봐 주었으면 해. 그리고 그 사람이 포기하지 않고 어떤 준비를 하는지 잘 봤으면 좋겠다.

아빠가 말하는 그런 준비하는 사람은 신념과 꾸준한 노력을 가지고 조금 느려도 앞으로 나아가는 사람들이란다. 그런 사람들은 당장 눈앞에서는 빛이 나지 않지만, 자신만의 성을 차곡차곡 쌓아서 나중에는 사람들이 부러워하는 위치에 오르기도 한단다. 주변에 그런 사람이 많아지면 자연스럽게 선하고 올바른 영향력을 받을 가능성이 커진단다. 자극이라는 신비한 약을 먹는 것과 같단다.

반대로 이미 인생 끝났다고 출발점부터가 달랐다고 자신을 막 사용하는 사람들은 세월이 지나도 나이 말고는 얻는 게 없단다. 결국, 성숙하지 못한 사람으로 남게 된단다.

작은 유혹에도 흔들리고 확신도 없고, 지금까지 성취한 노력도 없으니 불만만 가득해서 끼리끼리 비슷한 사람을 찾아다니며 푸념을 늘어놓지. 그래야 자신의 인생이 덜 초라해지니까.

그래서 좋은 사람을 곁에 두는 것이 중요하단다. 그런 면에서 보면 아빠는 친구가 많지는 않지만, 주변에 좋은 사람만 있는 거 같구나. 오랜 시간이 지나 만나도 어색하지 않고 서로 발전된 모습을 보여주며 감동을 주고받고 한단다.

 나이를 먹어도 열정이 가득한 사람은 절대 마음이 늙지 않는단다. 오히려 더 젊어진단다. 그런 경험과 발자취는 한 사람을 당당하게 만든단다.

 한 자리에 머무는 그런 사람보다 언제나 그 자리보다 더 나은 삶을 위해 포기하지 않고 앞으로 나아가고, 세월이 흘러도 항상 어떤 일을 또 이뤄낼까 궁금증을 유발하는 사람들을 곁에 벗으로 두고 함께 걸어가렴.

 아마 그런 사람들과 함께 가는 길이라면 어둡고, 무섭고, 땅이 고르지 않아도 절대 무섭거나 두렵지 않을 테니까.

종이컵처럼 한 번만 이용당하기

 어른이 된다는 것은 상처를 받는 과정이란다. 그
과정은 네가 생각했던 것보다 너에게 많은 아픔을
준단다. 특히 믿었던 사람에게 받은 상처는 심장
깊은 곳에 박혀 숨을 쉴 때마다 너를 괴롭게 한단
다.

 아빠도 겉으로는 강해 보여도 수많은 상처를 받으
며 살아왔단다. 겉이 너무 단단해 보여서 아무 감
정도 못 느끼는 것처럼 보였을지 몰라도 작은 손짓
하나에도 삶이 무너질 정도로 힘들어하고 뒤에서
많은 눈물을 흘렸단다. 하지만 단단해지기 위해 껍
질을 덮고, 바위에 부딪히며 자신을 단련시키는 고
통의 시간을 보내며 내면이 강한 사람이 되기 위해

노력했단다. 물론 고통스럽고 아팠지만, 종이컵처럼 한번 이용당하고 쓰레기통에 버려지는 신세가 되기는 싫었단다.

 사람이라는 동물이 참 미완성이라 행동이 가볍고 때로는 한심한 행동도 의미 있는 척하기 때문이란다. 남들이 받는 상처 따위는 신경 안 쓰는 사람도 많단다. 그리고 만만해 보이지 않는 강한 사람에게는 피해당하지 않으려고 자신을 본능적으로 보호한단다.

 아빠는 네가 겉모습은 아름답고 누구나 다가와서 향기를 맡고 싶을 정도로 예쁜 꽃 같은 사람으로 성장하기를 바란단다. 하지만 향기가 좋고 아름답다고 누구나 쉽게 꺾지 못하게 자신을 지킬 수 있는 줄기에 가시가 있는 어른으로 성장했으면 한단다.

 그 누구도 자신보다 자신을 완벽하게 지켜줄 수 없단다. 가끔 연약한 마음에 기댈 곳을 찾거나, 감정을 공유하고 내면을 보여주며 위로를 받을 수도 있지만 그런 공감과 위로는 잠시뿐이란다. 아픔을 치유해 줄 수 있는 가장 좋은 사람은 바로 너 자신이란다.

그래서 관계 속에서 웃음으로 사람을 대해도 우습게 보이지 않도록 노력해야 한단다. 처음부터 잘할 수는 없겠지만 어떤 행동에 네 감정이 상하는지 잘 기억하고 그런 행동을 너에게 하는 사람이 있다면 정확하게 싫다고 하지 말라고 표현하면서 자신을 단단히 지켰으면 좋겠다.

대부분 사람은 살면서 대충 배운 잘못된 것들을 자신도 모르게 행동하는 경우가 많단다. 그런 행동과 말이 다른 사람에게 상처가 될 거라는 생각을 못 하는 사람들이 많으므로 꼭 무례함을 당했다면 표현해야 한단다.

네가 솔직한 감정을 표현했는데 그 사람이 떠난다면 그런 사람들은 미련 없이 보내줘도 인생에 절대 마이너스가 되지 않는단다. 오히려 네 감정을 듣고 행동에 변화와 노력을 보이는 사람만 곁에 두렴.

그런 사람이야말로 너를 진정으로 아끼는 사람이
란다. 대신 너도 남에게 상처가 되는 말과 행동을
하는 건 아닌지 진지하게 가까운 사람에게 물어보
면서 바다처럼 깊고 넓은 가슴을 가져야 한단다.

　그리고 혹시나 너의 주변에 친한 사람이 너 때문
에 상처받고 있다면 고치려고 노력해야 한단다.

한 번만 보고 사람 판단하지 말기

나이를 먹으면서 하는 실수 중에 가장 무섭고 흔한 실수는 자기 기준으로 남을 판단하는 거란다.

아빠도 직업상 수많은 사람을 상대하면서 자신도 모르게 그런 습관이 생겨버렸단다. 나이를 떠나 몇 마디를 섞거나, 조금만 행동을 관찰해도 그 사람에 대해 사전을 찾으면 나오는 정의처럼 판단해 버리는 나쁜 습관이지.

세월과 경험이 합쳐져 얻은 나이는 가끔 무서운 무기가 되기도 한단다. 남을 지키는 데 사용되는 칼이 아닌 남을 다치게 하는데 자신도 모르게 더 많이 사용하기도 한단다.

대부분 첫인상처럼 사람들이 행동하는 것을 보면서 자신의 판단이 옳다고 느끼고, 마치 그 사람의 속마음과 생각을 자기가 가진 엑스레이로 볼 수 있다는 착각 속에 살아간단다.

하지만 우리가 어떤 사람에게 받는 첫인상은 정말 첫인상이라는 것을 잊으면 안 된다. 첫인상만으로 어떤 사람을 끝까지 판단하고 밀어내면서 그 편견 때문에 그 사람에게 어떠한 기회조차 주지 않는 실수를 하면 안 된다.

이렇게 말하는 아빠도 그런 습관을 지니고 있었단다. 그래서 고치기 위해서 큰 노력을 했단다. 사람이기에 첫인상으로 인해 생기는 감정을 막을 수는 없지만, 다만 내 마음이 겉으로 드러나지 않도록 가두고 시간을 두고 지켜보는 노력을 했단다.

물론 아빠가 그렇게 판단할 자격은 없단다. 하지만 인간관계에서 우리는 그런 실수를 매번 끌어안고 살아간단다. 그래서 내 판단이 무조건 옳다는 것에서 벗어나기 위해 노력해야 한단다.

조금씩 시간이라는 것을 두고 지켜보면 오히려 첫인상이 좋지 않았던 사람에게 장점을 발견하곤 한단다.

말을 차갑고 거칠해서 싫었던 사람인데 행동은 따뜻하고 정이 많다거나, 너무 과묵하고 표정이 어두워서 불쾌했던 사람이었는데 알고 보니 누구보다 밝은 어린아이 같은 웃음을 지녔다던가.

잊지 말아야 할 것은 그 사람이 처한 상황에 따라 사람들의 첫인상이 달라진다는 거란다.

누군가 아빠가 살면서 누구 앞에서 가장 많이 웃었냐고 묻는다면 바로 너라고 자신 있게 대답할 거란다. 사실 아빠는 밖에서 잘 웃지 않았단다. 물론 신중한 성격과 조금은 거친 삶의 파도 때문에 웃음을 잠시 잃어버리고 살았지만, 그렇다고 아빠가 웃는 법을 까먹은 것은 아니란다.

아빠가 정말 힘든 시간을 보내고 있을 때 처음으로 만났다면 그 사람은 아빠에게 절대 다가오지 않앉을 거라고 아빠는 생각한단다. 하지만 아빠가 인상을 쓰고 있던 순간에도 미래에 더 행복하고 웃기 위해 노력하고 있었다는 것을 그 사람은 아마 몰랐을 거란다.

그래서 인간관계를 첫인상 때문에 무 자르듯이 자르면 안 된다. 적어도 몇 번의 만남과 다른 상황 속에서 그 사람의 행동을 관찰하고 조금은 느긋하게 판단해도 늦지 않는단다.

싫어하는 사람 때문에 힘들다면

살아보니 인생이 정말 길지 않다는 것을 느낀단다. 나이를 먹는 것이 이제 두려운 나이가 되었다는 것이 아직도 실감 나지 않는단다.

어릴 때는 나이를 빨리 먹고 내 마음대로 뭐든지 하고 싶어서 발버둥을 쳤는데 나이 먹고 깨달은 것은 나이를 먹어도 내 마음대로 뭐든지 할 수 없다는 거란다.

그래서 너의 소중한 인생을 싫어하는 몇 명의 사람들 때문에 헛되게 낭비하지 말아라. 특히 싫어하는 사람 때문에 스트레스받고, 고통받으면서 보낸 시간은 정말 인생에서 아깝단다.

보통 우리는 선택권을 가진 대인관계를 하게 된단다. 학창시절에 마음에 안 드는 친구가 있다면 멀리하고 친하게 안 지내도 된단다. 물론 같은 반이라서 매일 얼굴 보는 것이 힘들 수도 있지만 그런 공간을 공유하는 것은 어쩔 수 없단다.

그리고 단체생활이라는 분위기 때문에 억지로 싫어하는 사람과 함께 해야 할 때도 있지만 아무리 지켜봐도 별로인 사람이라면 그냥 마음을 두지 말고 가볍게 행동해도 된단다.

사람은 정말 쉽게 안 변한단다.

싫어하는 사람이 생겼을 때 이유를 생각하면 수천 가지가 될 수도 있고, 반대로 말도 안 되는 사소한 몇 가지일 수도 있단다. 하지만 이유가 너무 적다고 해도 너를 불편하게 하고 친해지기 싫으면 그냥 마음 가는 대로 살아도 된단다.

다른 사람들이 보기에 사소한 것도 너에게는 큰일이 될 수 있단다. 그건 우리가 모두 다른 존재이고 각자 인생과 가치관이 소중하기 때문이지. 네가 이상한 게 아니란다.

안타까운 것은 나중에 직장에 다니면 싫어하는 사람은 늘어나게 된단다. 여기서 쉽게 벗어나는 방법은 퇴사나, 이직하는 것 일 수도 있지만, 아빠는 그 방법을 추천하지 않는단다.

물론 직장을 그만두면 그 사람을 영원히 보지 않아도 된단다. 마음이 한순간에 편해지고 불편함은 사라지겠지만 그 사람 때문에 무작정 퇴사를 하는 것은 어른답지 못하고 성숙한 사람이 되는 것을 방해한단다.

직장을 그만두는 이유 중 인간관계가 압도적인 것은 사실이지만, 현명한 사람이라면 더 높은 곳으로 도약하기 위해 철저히 준비해서 이직하거나, 회사의 비전이 나와 맞지 않아서 자신의 역량을 펼치기 힘들어졌을 때 이직을 고민하는 것이 현명하단다. 단지 사람을 피하려고 그 자리를 비우는 것은 오히려 너 자신의 패배를 인정하는 것이란다.

직장이 괜찮고 아직 배울 일도 많은데 윗사람이나 주변에 꼴 보기 싫은 선후배 때문에 그 모든 것을 포기한다면 다음에 비슷한 상황을 만나면 절대 이 겨낼 수 없단다. 피하는 것은 나약해지는 지름길이 란다.

그렇다고 무조건 참고 견디면서 직장에서 버티라 는 것은 아니란다. 사람 때문에 좋은 직장을 그만 두고 싶다면 적어도 그런 부류의 사람들과 관계를 극복하는 시도와 노력을 해보고 그만두는 게 좋단 다.

그렇지 않으면 다른 직장을 가더라도 똑같은 부류 의 사람을 만나면 다시 도망치게 된단다. 이런 일 을 반복되면 너 자신을 증명해 보일 기회가 무너지 고 결국 자신감을 잃게 된단다.

만약 어떤 사람의 말투나 행동이 너무 너를 화나 게 하고 힘들게 한다면 적어도 그 사람에게 그런 행동을 하지 말라고 표현을 하거나, 싫다는 표현을 정확히 전달하는 등 많은 시도를 해보렴. 그냥 도망치면 그런 사람들은 계속 그렇게 해도 된다고 평생 믿으며 네가 아닌 다른 사람들도 괴롭힌단다.

만약 도망가더라도 그런 사람들의 독성 인간관계로 남은 사람들이 피해를 보지 않도록 당사자에게 그런 행동은 남들을 불편하게 만든다고 정확히 알려줘야 한단다.

보통 나이를 먹을수록 스스로 완벽한 사람이 되었다는 착각 속에 인생을 살아간다. 그렇게 어리석은 어른 아이들이 많은 게 우리가 사는 세상이란다.

아빠도 오랜 시간 동안 수없이 연습하고 부딪치고 있단다. 물론 어렵단다. 내 성향과 맞지 않는 행동을 하는 사람들과 한 공간과 시간을 공유하는 직장 생활은 쉽지 않단다. 좋은 의도로 말해줘도 받아들이지 못하고 멀어지는 사람들도 있고, 너는 완벽하냐면서 꼬집으며 시비를 거는 사람들도 있지. 그래서 얼굴 보고 말하는 게 어렵다면 적어도 글을 써서라도 표현을 하려고 애를 쓴단다.

그러다 보면 평생 보기 싫었던 사람과도 친한 친구가 되는 신기한 경험도 하게 된단다. 그 몇 가지 거슬렸던 행동이 다르게 보이고 고치려고 노력하는 모습 때문에 서로를 더 아끼게 되는 거란다.

그리고 누군가 너 때문에 상처를 받았다고 오해하고 말을 하면 절대 외면하지 말고 곰곰이 너에게 잘못된 것이 있었는지 생각하는 너그러운 사람이 되어야 한다.

나를 좋아하지 않을까 걱정이 된다면

관계에서 가장 두렵고 공포를 느끼는 순간은 아마도 사람들이 나를 좋아하지 않는다고 느껴질 때일 거야.

최선을 다해 노력했는데 사람들로부터 외면을 받거나, 자기 자리를 찾지 못하면 안절부절못하게 되고 자신감은 떨어진단다. 하지만 한 가지만 기억하렴.

이 세상 어떤 사람이 너를 싫다고 해도 너는 비교도 할 수 없을 만큼 이 세상 최고의 존재란다.
그러기에 어떤 좌절과 슬픔을 다른 사람에게 받았다고 슬퍼할 필요 없단다. 모든 사람에게 인정받고 좋은 사람으로 남기 위해 너무 애쓰지 말아라. 아니 모든 사람에게 좋은 사람으로 남는 것은 불가능하다는 것을 받아들이게 좋단다.

살면서 인정에 목마른 사람이 되면 사람과의 관계에서 아쉬운 사람이 된단다. 모든 생각과 행동을 할 때 다른 사람의 행복을 채워주기 위해 자신이 녹아 없어지는 것도 모르고 삶을 태우면서 살 필요는 없단다.

아빠는 직장생활하면서 그런 사람들을 많이 봤단다. 모든 사람에게 좋은 사람으로 남고 싶어서 발버둥 치는 사람들이지. 옆에서 지켜보면서 안타까울 때가 많았단다. 물론 그런 사람 중 일부는 자신을 홍보하고 내세우기 위해 많은 노력을 한단다. 처음에는 자신을 홍보하고, 다음에는 조직을 앞세우고, 그것도 안 되면 다음에는 남의 약점의 이용해서 자신의 공으로 만들기도 하지.

모든 사람에게 최고로 인정받고 좋은 사람으로 남고 싶어서 자신을 잃어가고 있다는 것을 모른단다.

아빠는 네가 스스로 좋은 사람으로 인정받기 위해 노력했으면 좋겠어. 타인의 감정을 너의 인생 중앙에 두지 말고, 자기 자신을 좋아하는 그런 사람으로 성장하길 바란다.

자기 자신을 사랑하고 좋아하는 게 쉽다고 생각할 수도 있지만, 사실 가장 불만이 많고 성에 차지 않는 대상이 자기 자신이기도 하단다. 내가 나를 싫어하고 불만족스러워하는데 다른 사람들이 너를 좋아해 줄 수는 없지 않겠니?

스스로 너 자신을 아끼고 많이 사랑하고 있으면 당연히 주변 사람들도 너를 좋아해 준단다.

아빠도 자신을 사랑하는 연습을 많이 했단다. 사실 나 자신을 비관하고 혹사하면서 벼랑 끝에 몰고 가는 것이 인생을 잘 사는 방법이라고 믿었던 어리석은 시절도 있었단다.

그렇게 살다 보니 사람들이 아빠를 많이 좋아하지 않는다는 것을 알았단다. 그래서 잘하고 잘 할 수

있는 좋아하는 일을 찾아서 하기 시작했단다. 그랬
더니 신기하게도 주변 사람들이 아빠를 더 좋아해
주는 걸 느꼈단다. 아빠가 좋아하는 일을 하면서
내뿜는 에너지가 아빠를 행복한 사람으로 보이게
만들었던 거지.

그러니까 잠시 스쳐 지나갈지도 모르는 인생에 한
점에 불과한 주변 사람들이 너를 어떻게 생각하는
지는 크게 중요하지 않단다.

평생을 함께하는 너 자신이 스스로를 어떻게 생각
하는지 자신과 많이 이야기하고 시간을 보내야 한
단다.

잘 해줬는데 서운함만 남는다면

 호감이 가고 좋은 사람에게 무엇인가 베풀고 싶은 마음은 자연스럽고 소중한 감정이란다. 수많은 관계 속에서 받는 것보다 주는 것에 대한 기쁨이 더 크단다. 모든 관계를 계산하면서 수학 문제 정답을 찾듯이 머리 쓰는 것보다 주는 기쁨을 알고 있다면 이미 너의 인생은 아름답단다.

 하지만 그 아름답고 소중한 감정을 방해하는 악마의 유혹이 있단다. 바로 내가 준 만큼 받고 꼭 되돌려 받고 싶은 가벼운 마음이란다.

 하지만 이런 마음이 생겼다고 너무 당황하거나 수치스럽게 생각하지 않았으면 좋겠다. 왜냐하면 너무나 당연한 감정이고, 그만큼 너는 최선을 다해 진심으로 행동했다는 증거이기 때문이란다.

만약 우리 딸이 아빠를 닮았다면 아마도 남들에게 호의를 베풀고 상처도 많이 받을 거라고 생각한단다. 예전에 할머니가 사람들에게 아빠는 겉모습은 차가워 보여도 속은 정말 깊은 아이라고 말했던 것처럼 말이지. 너의 속도 깊다는 것을 아빠는 알고 있단다.

사실 할머니 말대로 아빠는 남에게 작은 것이라도 조건 없이 주는 것을 좋아한단다. 그 관계가 깊던 얇던 그것에 중요함을 생각하기보다는 마음이 가는 대로 우선 행동하는 편이지. 그래서 상처도 많이 받았단다.

처음에는 그냥 주는 기쁨에 행동했는데 받는 것을 너무 당연하게 생각하거나, 고마움을 몰라주면 서운하고 후회하곤 했단다.

그런데 꼭 돌려받는 것을 네가 준 사람에게 받을

필요는 없단다. 그리고 살다 보면 너는 준 것도 없는데 너에게 모든 것을 주고 싶어 하는 사람이 불쑥 나타나기도 한단다.

그런 사람을 만나면 내가 준 것도 없는데 왜 나한테 이렇게 잘 해주지? 라고 당황스럽고 조금은 거리를 두면서 의심도 하겠지만 만약 그 사람에게서 진심이 느껴진다면 순수하게 받아줘도 된단다.

의심하지 말고 그 진심에 먼저 고맙다고 표현해줬으면 좋겠다. 그리고 그 감정의 씨앗을 잘 살려서 그 사람이나 다른 사람들에게 돌려주렴.

무엇보다 중요한 것은 돌려받는 것이 아니고 처음에 네가 호의를 베풀려고 했던 그 마음이라는 것을 기억하렴. 만약에 서운함에 네가 갑자기 태도를 바꾸거나 왜 받기만 하냐고 말하면 그 관계는 한순간에 무너지기도 한단다.

왜냐하면, 꼭 네가 준 크기만큼 모든 사람이 그렇게 느끼지 않기 때문이란다.

그리고 물건으로 너의 마음을 표현하는 것은 좋은 관계를 유지하는데 오히려 방해된다는 것을 기억하렴. 마음이 가는 친구나 동료들에게 물질적으로 감정을 표현한다면 그 가치는 결국 종잇조각에 불과하단다. 선물이라는 것은 꼭 비싸고 값진 것이 아니어도 충분히 진심을 전달할 수 있단다.

 너의 진심을 돈과 바꾸지 말길 바란다.

 만약에 정말 받는 것만 익숙하고 고마움을 절대 모르는 사람을 만난다면 과감하게 그 관계를 정리해도 된단다. 그런 사람들은 아무리 비싼 선물이나 소중한 마음을 전해줘도 모두 자기가 잘 나서 받는 당연한 것쯤으로 여기며 오히려 자신의 매력을 이용하는 사람들이란다.

 관계의 소중함을 도구쯤으로 생각하고 소홀하게 생각하는 사람 때문에 너의 아름다운 마음을 나누면서 억지로 고통받을 필요는 없단다. 받는 기쁨에 익숙한 사람보다는 조금 손해를 본다고 해도 주는 기쁨에 행복을 느끼는 사람으로 성장하길 바란다.

무조건 착하다고 좋은 건 아니야

이런 현실이 가슴 아프지만 무조건 착하다고 좋은 것은 아니란다.

물론 사악한 사람보다 마음이 따뜻하고 착한 사람이 되라고 말해주고 싶단다. 하지만 만만해 보이는 사람이 된다면 이용만 당하게 된단다.

사람들은 이용할 대상과 복종할 대상으로 명확히 구분하고 행동한단다. 이용할 대상이라고 여겨지면 그 사람이 가치 있고 뛰어나도 집요하게 그 공간을 파고든단다. 무례하고 예의에 어긋나는 부탁도 당당하게 하는 그런 미성숙한 사람들이 생각보다 주변에 많단다. 그래서 마음은 부드럽고 착하게 살아가더라도 그런 사람들이 너를 조종하게 가만히 두지 마라.

의도적으로 호구를 찾는 사람들은 처음 호의를 베풀고 천천히 너를 테스트한단다. 조금씩 부탁을 하면서 반응도 살피고 사람을 이리저리 관찰하지. 그리고 무언가 먹힌다고 생각하면 조금씩 무례함의 범위를 확장하는 치밀함을 가지고 있단다.

'이런 부탁을 하나?'
'내가 만만한가?'라는 생각이 든다면 그 사람의 작전에 이미 너는 포함된 거란다.

그럴 때는 행동과 반응을 신속하게 바꿔야 한단다. 쉬운 말로 한 방 먹이거나, 나는 그렇게 쉬운 사람이 아니니 나를 도구로 쓸 생각을 하지 말라고 강하게 표현해야 한단다.

물론 그런 인간관계 속에는 그런 부류의 사람들이 가지고 있는 권력이나 힘이 보이지 않게 작용하고 있는 경우도 많단다. 그렇지만 그런 것을 두려워하지 말아라.

보통 이런 부류의 사람들은 이렇게 하면 안 된다는 것을 알면서도 행동하는 경우가 많단다.

그런 사람이 만든 주변 영향력을 두려워하지 말고 당당하게 감정을 표현하렴. 네가 강하게 저항한다고 해도 너에게 불이익은 생각보다 많지 않단다. 오히려 그 사람 하나를 너의 삶에서 도려내고 얻는 해방감과 불필요한 에너지 낭비에서 벗어나는 것이 이득이라는 것을 느끼게 된단다.

그렇다고 스스로 모난 사람이 되라는 말은 아니란다. 도움이 필요한 사람이 있으면 너의 의지로 그 사람을 돕고 선한 영향력으로 감싸줘도 된단다.

아빠가 하는 말은 고마움을 느끼는 사람에게는 더 잘하라는 말이란다. 이용하려고 하는 사람에게 마지못해 선함을 베풀거나, 끌려다니며 그 사람들의 손발이 되어 줄 시간에 정말 네가 필요한 곳에서 너를 소중하게 생각하는 사람들과 너의 시간을 쓰렴. 그리고 절대 사람이 떠나가는 것을 절대 두려워하지 마라.

너를 떠나려는 사람은 기분 좋게 보내주면 된단다. 살다 보면 네 인생에 평생 남는 정말 소중한 사람들은 소수라는 것을 금방 배우게 된단다.

특히 무엇인가 원하는 것이 있어 접근하는 사람들은 너의 위치가 낮아지면 바로 너의 곁을 떠나 버린단다. 그래서 너무 신경 쓰고 마음 쓸 필요가 없단다. 사람에 수에 집착하지 말고, 깊고 평생 같이 갈 소수의 사람에게 집중하는 게 너의 삶을 더 아름답게 한단다.

하지만 처음부터 무조건 철벽을 치고 모든 사람을 다 밀어내라는 것은 아니란다. 초면에는 그 공간을 열어두는 것이 좋단다. 어떤 사람도 너에게 다가올 수 있도록 약간 어리숙한 모습을 편하게 보여줘도 된단다. 하지만 너에게 다가온 사람들이 너에게 함부로 한다면 그때는 과감하게 문밖으로 그런 사람들을 밀어내렴.

인생에 동반자는 무엇을 얻기 위해서 주변에 있는 사람들이 아니란다. 그냥 그 사람이 좋아서 곁에 있는 사람들이 진정한 너의 사람이란다.

 그런 사람들을 만나는 것은 운명이라기보다는 아빠는 선택과 집중하는 대인관계의 한 부분이라고 생각한단다. 철저하게 너를 지키렴.

 너는 그 누구에게도 이용당하지 않을 만큼 아름답고 완벽한 존재란다.

남을 부러워해도 괜찮아

가끔은 남들이 부러울 때가 있단다. 그럴 때 삶이 비참해지고 한없이 인생이 초라해지기도 한단다. 그런데 남들을 부러워해도 괜찮단다.

부러운 것은 너무나 평범한 감정이란다. 부럽다는 것은 그만큼 더 나은 삶을 위한 욕망이 있다는 것이란다. 그리고 비교한다는 것은 너의 위치를 정확히 알기 위해 끊임없이 노력하고 있다는 증거란다.

오히려 안타까운 사람은 자기 삶이 최고라고 남들을 쳐다보지도 않고, 느끼지도 못하는 그런 사람들이란다.

누군가 부럽다면 마음껏 부러워하렴.

대신 그 사람처럼 되기 위해 노력하지는 말고, 왜 부러운지 곰곰이 생각해보렴.

'어떤 부분이 부러운지?'
'왜 그 사람을 닮고 싶은 건지?'

왜 그 사람이 부럽고 지금 내 삶에 어떤 부분이 부족한지 생각하는 과정은 중요하단다. 사실 답은 너의 삶 속에 대부분 있단다. 그리고 해결방법도 그렇게 어렵지 않다는 것을 금방 깨닫게 된단다.

그 부족한 것을 채우기 위해서 노력하고 그것을 얻게 되면 오히려 참 별거 아니었다는 생각이 들기도 하는 게 인생이란다. 허탈한 감정이 들고 그동안 왜 이렇게 부러워했는지 헛웃음이 나오기도 하지.

아빠가 직장생활하는 중에 중반까지는 정말 잘나가는 부류에 속했었단다. 솔직히 자만했었지. 다른 사람들이 아빠를 부러워하면 그것을 즐기는 것에 취해서 살기도 했단다.

그런데 후반부에 가니 열심히 일하는데 어떤 이유에서인지 승진에서 계속 누락 되었단다. 한두 해가 지날 때는 그냥 곧 되겠지? 라고 생각했는데 몇 년이 지나도 승진 소식은 없었단다.

사람들은 아빠에 대해 수군거리기 시작했고, 아빠는 증오의 마음이 가슴에서 자라났단다. 참으로 고통스러운 시간이었단다. 한 참 후배들도 모두 승진했는데 한 자리에 멈춘 그 기분은 아빠의 모든 시간과 노력을 한순간에 망쳐버렸단다.

그런데 신기한 게 무엇인지 아니?

막상 늦게 승진을 했는데 참 별거 아니라는 생각이 들더구나. 고작 월급 조금 오르는 것과 직책 때문에 몇 년간 마음고생 한 나 자신이 참 웃겼단다.

이건 승진했으니까 뭐 끝났다는 그런 의미가 아니

었단다. 어차피 늦어질 것을 직감적으로 알았는데도 몇 년 동안 마음속에 담아두고 자신을 작게 만든 게 한심스러웠단다.

사실 아빠 승진에 대해서 주변 사람들은 심심한 위로만 건넬 뿐 별로 걱정하지 않았단다. 신경 쓰고 있는 유일한 사람은 바로 나 자신뿐이라는 것을 알면서도 마음고생을 한 거지.

늦게 승진하고 이후에 나름 잘 풀어서 직장생활을 했단다. 오히려 그 시간 동안 다른 여러 가지 도전을 한 것이 인생에 큰 도움이 된 것을 알게 되었단다. 만약에 정상적으로 승진해서 직장에서 계속 높은 자리에 머물기 위해 모든 것을 태웠다면, 아빠는 일 말고는 얻은 것이 하나도 없는 시간을 보냈을 거란다.

뭐든지 얻는 게 있다면 잃어버리는 게 있는 것이 단순한 우리 인생이란다. 아빠도 그 당시에 나보다 빨리 승진하는 사람들을 부러워했단다. 그냥 단지 나보다 앞서가는 것에 부러웠던 거지. 하지만 그 사람들을 미워하지는 않았단다.

 그럴만한 이유가 있었을 거라고 넘기려고 했단다.
이런 이유로 사람을 미워하면 아빠는 승진을 잃어
버린 게 아니고 인생에 소중한 것들을 모두 잃었을
테니까 말이지.

 가끔은 네 뜻대로 할 수 없는 일들이 생긴단다.
물론 네가 태어난 것과 엄마, 아빠를 부모로 만난
것부터 시작하지만, 살면서 아무리 노력해도 바꿀
수 없는 것들 때문에 억울해하면서 시간을 보내는
것은 쓸데없는 일이란다. 차라리 그런 것은 그냥
넘겨버리는 게 좋단다.

 너의 노력으로 바꿀 수 없는 것에 너무 많은 에너
지를 낭비하지 말아라. 이미 벌어지거나 고칠 수
없는 일은 그냥 받아들이는 것도 삶에 도움이 된단
다. 사는 건 꾸준한 연습이 필요한 인생 숙제 그
자체란다.

첫사랑을 너무 깊게 하지 않았으면

 사랑에 대해서 말하기 조심스럽지만 그래도 사랑에 대해 말해보려고 한단다. 어쩌면 우리가 살아가는데 가장 큰 원동력이 되는 것이 사랑이기 때문이지.

 시간이 지나고 어느 정도 세상을 알아가고, 자신이 누구인지 알게 될 시점이 오면 사랑은 더 중요하게 우리 삶에 영향을 준단다.

 물론 처음으로 접하는 사랑이라는 그 감정이 짝사랑일 수도 있고, 서로의 감정이 평행선을 달리는 깊은 관계 속에 사랑이 될 수도 있겠지. 그런데 사랑을 처음 시작할 때 특히나 첫사랑은 너무 깊게 빠지지 않았으면 좋겠다.

 그것이 맘대로 뜻대로 되는 것은 절대로 아니지만, 그 경험이 한 사람이 살아가면서 사랑을 하는데 많은 기준점이 되기도 한단다.

 물론 풋사랑을 말하는 것이 아니라 육체와 정신을 모두 공유하는 미친 듯이 아름답고 아픈 사랑을 말하는 거란다.

 대부분 첫사랑은 참으로 미숙하고 상황과 조건이 준비 안 된 상태에서 감정만으로 빠져들기 때문에 성숙한 결실보다는 헤어짐으로 마침표를 찍는 경우가 많단다. 그래서 안타깝게도 첫사랑은 잘 이뤄지지 않는다고 주변에서 흔히 말한단다.

 사실 아빠도 그랬단다. 시간이 지나서 이별한 이유가 어린 시절 우리가 하는 그 사랑이 서툴고 미숙했기에 이별한 것이 아니라는 것을 뒤늦게 알았단다.

첫사랑이 어설프게 인생 뒷면으로 자리 잡는 이유는 사랑에 대한 감정은 완벽하고 너무나 충만한데 사실 주변 여건이 준비가 안 돼서 그러는 경우가 대부분이란다. 그 넘치는 사랑을 담을 수 있는 그릇이 준비가 안 된 거지. 그래서 흘러넘치다가 결국은 그릇이 깨지거나 나중에 지쳐서 포기한단다.

물론 그릇에 물이 넘치는 것을 남 탓으로 돌리기도 하지. 시간이 지나서 가끔 아빠도 어릴 적 그 시절을 떠올린단다. 그러다 첫사랑의 감정을 품던 어린 시절 아빠의 모습과 마주하곤 하지.

그 시절 정말 가난하고 주머니에 몇백 원도 없어서 초라한 데이트를 했던 순간들을 떠올리면 웃음이 나다가도 바로 슬퍼지기도 하고, 지금은 어딘가에서 잘살고 있을 그 사람의 행복을 조용히 바라면서 추억의 문을 닫고 나온단다.

사실 떡을 별로 좋아하지 않는 아빠가 가끔 떡볶이를 먹는 이유도 아마 그런 추억속에 나를 찾아보는 작은 행동이라는 것을 지금은 잘 알고 있단다.

너무 서툴고 준비가 안 돼서 보낼 수밖에 없던 사랑이라 아쉬움이 이렇게 가슴에 남아 살고 있는 거란다.

처음에는 넘치는 사랑이 흘러내려도 마냥 행복하지만, 나중에 그릇이 너무 작다는 것을 느끼면서 현실과 부딪친단다. 그러면서 자연스럽게 불만이 쌓이고 다른 곳을 서서히 바라보게 된단다.

사랑은 최고의 선물이고 표현 불가능한 감정이란다. 그래서 잘 조절하지 못하고 한 번에 너무 많은 양의 사랑을 쏟아 부어버리기도 하지. 나중에 가슴 속에 사랑이 남아 있지 않게 되는 공허함과 아픔이 찾아오기도 한단다.

만약에 너의 첫사랑이 좋지 않은 기억으로 가슴에 남아서 상처가 된다면 다음 사랑을 시작할 때 상당히 많은 두려움을 갖게 된단다. 사랑이라는 노트를 받았는데 처음에 너무 많은 양의 노트를 다 써버린 거지. 노트는 한 권 다시 사면되는데 어릴 때는 너무 순수해서 영원히 그 한 권의 노트에 완벽한 사랑을 담아야 한다고 생각한단다. 그래서 너무 열정적인 첫사랑보다는 사랑의 감정이 무엇인지 잠시 알아가는 단계의 얇은 첫사랑을 경험했으면 좋겠다.

물론 첫사랑을 깊이 하고 상처가 깊으면 다음 사랑을 할 때 더 신중해지고 같은 실수를 반복하지 않기 위해 조금 더 성숙하게 상대를 고르고 만날 수도 있단다. 특히, 첫사랑은 깊이를 떠나서 죽는 순간까지 가끔 일상에서 떠오르는 소중한 추억으로 자리 잡게 된단다.

네가 살아가게 될 세상은 정말 남녀에 대한 구분과 편견이 없는 세상이 되어있을 거라고 아빠는 생각한단다. 그러기에 여자로 태어나 사랑을 함에 있어 너무 구속되거나 순결 같은 것에 집착할 필요는 전혀 없단다.

첫사랑에 너무 많은 에너지를 소모해서 다른 사람을 담지 못하는 시간을 오랫동안 지속하지 않았으면 좋겠다.

다양하고 많은 부류의 사람을 만나고 경험하면서 정말 너와 평생 함께 걸어가면서, 아무 말 없이 옆에 있는 것만으로 세상 모든 외로움과 고독함을 이겨 낼 수 있는 보물 같은 사람을 꼭 찾기 바랄게.

분명한 것은 우리는 사랑하기 위해 살아간단다.

사랑에 아픔이 따른다는 공식

사랑이라는 감정이 꼭 아파야 진정성을 가지는 것은 아니란다. 하지만 처음에 잘 못 배우면 사랑은 고통스럽고 인생의 큰 장애물로 남기도 한단다. 마치 모든 사랑은 아픔이 따른다는 공식처럼 말이지.

그래서 '아프지 않으면 사랑이 아니다'라는 말은 인정하기 싫지만 받아들이게 되고 우리를 조금 슬프게 만들기도 한단다. 하지만 모든 사랑이 꼭 아프기만 한 건 아니란다.

처음부터 행복하고 끝까지 좋기만 한 사랑도 존재한단다. 사랑이라는 다양한 감정을 다양한 사람들과 경험하면서 연습한다면 여러 종류의 사랑을 배울 수 있단다.

물론 아픈 사랑을 좋아하는 사람도 있단다. 꼭 어떤 사람을 만나면 그 사람의 모자람을 채워주는 것에 보람을 느끼고 그것이 사랑이라고 여기는 그런 사람들이란다. 하지만 사랑하는 사람을 채우는 과정에서 조금이라도 버겁고 지친다면 그것을 계속하는 삶을 살아가면 안 된다. 결국, 방전되고 지쳐서 그런 사랑은 짐이 되어버린단다.

사랑은 배터리를 충전하는 것처럼 다시 사용하는 그런 것이 아니라고 생각한단다. 어떤 이들은 한 번의 사랑이 끝나면 다시 충전지를 채운다고 생각하지만, 아빠는 사랑이 하나 끝나면 하나의 건전지가 방전되었다고 생각한단다. 그래서 충전지가 아닌 새로운 건전지로 교체하는 거라고 생각 한단다.

모든 사람에게 같은 양의 사랑을 줄 수는 없단다. 어떤 사람은 네가 가만히 있어도 너의 에너지를 충전해주기도 하고, 어떤 사람은 너의 에너지를 모두 가져가서 너를 방전되게 만들기도 한단다. 그래서 사랑은 참 어렵고 힘들단다.

어릴 때는 사랑이 전부라고 생각하고 인생을 바라보기도 하고, 모든 고통도 사랑으로 대처할 수 있다고 믿지만 사실 사랑도 그저 인생에 일부분이란다.

인생에는 여러 가지 요소가 필요하지. 흔히 돈 없으면 사랑도 없다고 말하는 것이 그런 부분 중 하나란다. 사실 아빠는 부정하지는 않는단다. 사랑을 지속하기 위해서 서로의 관계 말고도 수많은 요소가 필요하기 때문이지. 만약 필요한 것에 결핍이 생기면 사랑도 천천히 아파진단다.

서로가 사랑하기 때문에 힘든 것이 아니고 그 부족한 것들이 그들을 힘들게 하고 싸우게 하기도 하지.

그래서 너는 아픈 사랑을 하지 않았으면 좋겠다. 사랑이 아프면 인생이 아프단다. 아무리 상처에 약을 바르고 밴드를 붙여도 계속 아물지 않는 상처처럼 화끈거리고 움직일 때마다 불편하단다.

 너의 삶에 사랑이라는 감정이 끼어드는 순간이 오면 아빠는 축복해 줄 테지만, 네가 너무 힘들어하는 모습을 보면 표현하지 못해도 아빠도 너만큼 가슴 아파질 거 같구나.

 그래서 너를 아프게 하는 사람보다는 너를 기쁘게 해주는 사람을 꼭 만났으면 좋겠다.

되도록 많은 남자를 만나봤으면

순정과 순결을 논하기에는 이미 세상은 너무 개방적인 곳이 되었단다. 아빠도 인정하고 있단다. 그럼에도 나중에 네가 성인 돼서 연애할 때 그 모습을 보면 아주 이상한 감정과 불안을 느낄 것에 대해서 어린 너를 보며 지금부터 연습한단다.

바로 담담한 척, 그냥 모른 척, 너의 선택을 믿어주는 연습이란다.

그런데 아빠는 우리 딸이 첫눈에 반한 사람과 평생을 살기보다는 많은 경험을 통해 진정으로 자신에게 맞는 사람을 찾아서 평생 함께 걸어가기를 바란다. 꼭 결혼해야 한다고 말하는 것은 아니란다.

물론 혼자여도 행복하다면 괜찮단다.

그건 너의 몫이지 아빠의 선택이 아니기 때문이지.

짝을 찾아 함께 사는 인생을 원한다면 정말 너를 잘 알고 이해해주는 사람이었으면 하고 바란단다. 무조건 다양한 사람과 데이트를 한다고 너의 완벽한 짝을 찾을 수 있는 건 아니란다. 혹시 이루지 못했던 사랑을 아쉬워하며 비슷한 사람만 쫓아서 주변에 둔다면 그건 한 사람을 사귄 것과 다를 게 없단다.

그것보다는 다양한 색깔을 가진 사람들과 경험을 나눠봤으면 좋겠다. 물론 어른이 되면서 나에게 맞는 이상형이라는 것에 대한 정체성이 생길 테지만 그것도 무조건 언제나 정답은 아니란다.

남녀가 만나는 과정은 정말 아름답고 설레는 과정이란다. 그런데 연애 초반에 행동은 대부분 그 사람의 본 모습이 아닐 확률이 높단다. 우리는 잘 알면서도 미련하게 항상 처음 모습만 가슴에 더 담아

두려고 애쓰기도 한단다.

 하지만 그 좋았던 모습이 변해 간다면 과감하게
그 사람을 다시 바라봐야 한단다. 사랑이라는 감정
을 떼어내고 그 사람을 바라보면 숨겨두었던 진실
이 보이기도 한단다.

 그 가면 속의 모습도 사랑스러워야 오랫동안 웃으
며 서로 위로하면서 멀고 고단한 길을 행복하게 걸
어갈 수 있단다. 만약 네가 감당하지 못하는 모습
을 발견한다면 그동안 사랑을 나눈 시간 때문에 망
설이지 말고 그 사람과 과감하게 헤어져도 된단다.

 정을 나눈 시간과 사랑이라는 감정을 착각하면 절
대 안 된다. 그건 다른 부류의 감정이란다. 흔히들
그 감정을 착각해서 함께 보낸 시간이 사랑의 크기
라고 생각하지만, 절대 옳지 않은 생각이란다. 가
면 속의 모습이 불편하면 절대 정으로 그 사람을
덮어 줄 수 없단다.

 그러니까 조금 지치고 힘들어도 많은 사람과 다양

한 사랑을 경험하렴. 절대 쑥스럽고 부끄러워할 필
요 없단다.

인생은 한 번뿐이고 지금이 전부란다.

지나간 시간을 아름답게 만들기 위해서는 지나온
길이 행복해야 한단다. 앞으로 나아지겠지라는 막
연한 생각만으로는 인생을 밝고 아름답게 만들 수
는 없단다.

보이지 않는 곳에서 잘 하는 사람

사람들의 진짜 모습은 대부분 뒷면에 숨겨져 있단
다. 그래서 보이지 않는 곳에서 잘 하는 사람과 만
났으면 좋겠어. 그것을 어떻게 아느냐고 묻는다면
사실 어렵지 않단다.

보이는 곳에서 잘 하는 사람들은 정말 많단다. 특
히 너에게 관심을 받고 싶어 하는 이성이라면 더
잘 하려고 앞에서 노력하겠지. 그런데 그 모습이
무조건 진심이라고 착각하면 안 된단다.

흔히들 결혼하고 사람들이 하는 소리로 결혼하기
전에는 안 그랬는데 속았다는 말을 하곤 한단다.
그런데 아빠는 그걸 속았다고 생각하지 않는단다.

충분히 오래 관계를 유지하면서 잘 관찰하고 내면을 보려고 노력했다면 그 모습도 분명 볼 수 있다고 생각한단다.

정말 숨기고 싶은 모습이나 본심은 사소한 곳이나 위기가 닥치면 나타난단다. 예를 들면 물건을 살 때 가게에서 일하는 분들에게 대하는 태도라든가, 차를 운전할 때 남의 실수를 보고 대처하는 모습도 좋은 참고점이 될 수 있단다. 무의식중에 나오는 사소한 태도는 결국 사람을 오래 만나면 상대가 편해지다 보니 자연스럽게 나타나기 마련이지.

자신에게 이익이 되는 사람에게 억지로 보여주는 그런 태도가 그 사람의 전부는 아니란다. 그런 면에서 볼 때 가장 쉽게 그 사람 태도를 확인하는 방법은 아마도 부모님에게 대하는 태도를 보면서 짐작하는 것이겠지.

부모와 자식 관계는 정말 편하면서도 어렵고 서로 간에 가식이 없는 사이란다. 부모님에게 막 대하는 사람이 너에게는 친절하다면 그 사람에 대해 다시 생각해봐야 한단다.

 달콤한 사탕은 입안에 있을 때 황홀함을 준단다. 하지만 그 황홀함은 몸속에 설탕 덩어리 때문이란다. 겉모습을 아무리 포장하고 순간적으로 사람을 기분을 좋게 하더라도 몸에 좋지 않은 것은 멀리해야 한단다. 그래서 눈에 보이지 않는 곳에서도 마음을 다하는 사람을 만나면 조금 심심하긴 해도 그 사람 때문에 인생이 절망스럽고 추락하는 경우는 드물단다.

 물론 사람에게는 모두 양면성이 존재하는 것을 부정하지는 않는단다. 그것도 우리 인간이 가지는 유일한 특성이자 장점이라는 것을 부정할 수는 없단다.

 가만히 보면 사람들과 함께 사는 반려견들은 언제나 사람들에게 한결같단다. 그 모습을 보면 참 애처롭기도 하지만 절대 미워할 수 없다는 것을 사람들은 잘 알고 있단다. 왜냐면 한결같다는 것은 정말 어렵기 때문이지.

하지만 우리 사람들은 언제나 한결같기는 참 힘들단다. 그렇다고 우리가 원해서 그렇게 행동하는 것은 아니겠지. 아마도 인생이라는 무게감이 너무 무거워서 일탈의 행동으로 나오는 것이라고 여겨도 될 거 같구나. 하지만 불쾌감을 주는 행동도 반복되면 결국 사람에게 상처 남긴단다.

그런 사람을 만나고 찾기 위해서 가장 중요한 것은 너부터 보이지 않는 곳에서 언제나 한결같은 사람이 되기 위해 노력해야 한단다. 그래야 그런 사람들이 너의 주변에 모여든다는 것을 잊지 마라.

인생은 주는 만큼 돌려받게 되어있단다.

먼저 동거해보고 결혼했으면

결혼이라는 행복의 족쇄를 너의 인생에 포함하기로 선택했다면 어떤 결정을 했던 아빠는 너를 응원한다. 결혼생활은 행복하지만 때로는 참 가시밭길을 걷는 것처럼 아픔을 주기도 한단다.

그래도 아빠는 결혼한 것을 후회하지 않았단다. 한평생을 살면서 누군가를 매일 보는 것에서 지루함보다 더 큰 의미를 찾을 수 있기 때문이란다.

하지만 너무 성급한 선택으로 그 소중한 약속을 망치지 않았으면 좋겠다. 물론 이혼이 흠이 되는 세상에서 살지는 않겠지만, 관계의 실패는 결국 사람의 자존감을 낮게 만든단다. 짧든 길든 함께 살았던 순간들은 너의 인생에서 지워지지 않는단다.

나중에 서로의 족쇄를 더 나은 삶을 위해 아름답게 놓아주었다고 해도 다시는 비슷한 새장 속으로 돌아가고 싶지 않겠지.

혹시 이 사람이라면 평생 함께해도 좋을 것 같다는 확신과 용기가 생긴다면 결혼하기 전에 깊은 동거를 해봤으면 좋겠다. 이건 비겁하게 간을 보라는 것은 아니란다.

동거라는 조금은 돌아가는 길을 추천하는 이유는 사람은 같이 살 때 비로써 가면을 벗기 때문이지. 하루의 짧은 데이트는 아쉬움을 남기지만 함께 살면 그 연장선에서 그 아쉬움이 분노가 되어 돌아오기도 한단다.

결혼이라는 것은 그런 분노와 참지 못함까지도 다 포용하는 비장한 약속이란다. 그 사람의 입술 감촉과 달콤한 스킨십이 너를 설레게 했더라도 어느 순간 코골이 때문에 침대 밖으로 피난 가고 싶은 생각을 하게 만드는 게 현실이기도 하단다.

 아주 사소한 것이 위대한 사랑의 감정을 뭉개고 한없이 밑으로 추락시킨단다.

 그렇다고 모든 가벼운 관계의 이성과 모두 동거를 하라는 건 아니란다. 이 사람이면 평생 함께해도 좋겠다는 확신이 생기는 사람과 한정된 시간의 한 부분을 마음껏 공유해 보라는 거란다. 그리고 동거 하는 동안 발견한 먼지보다 많아 보이는 그 사람의 단점까지 모두 사랑할 수 있다면 그때 결혼을 결심 해도 늦지 않단다.

 물론 네가 성인이 되고 사랑이 너의 영혼과 눈을 가린 상태에서는 아빠가 어떤 조언을 해도 들리지 도 보이지도 않을 거라는 것을 안단다. 이런 진심 의 글조차 아무런 도움이 안 되겠지만 그래도 그런 순간이 오면 잠시 멈추고 생각해주었으면 좋겠다.

 너의 인생은 온전히 너만의 세상이 맞지만, 그 세 상을 만들어 준 아빠는 네가 고통스러워하고 힘겨 운 삶을 사는 것을 지켜보는 게 두렵단다. 아마 부모로서 살아도 사는 게 아니겠지. 만약 너의 고통을 지켜본다면 아빠에게는 지옥보다 더 고통스러운 시간이 될게 분명 하단다.

그래도 아빠는 너를 언제나 응원할 거란다. 비록 달콤함에 급한 선택을 해서 아빠 등 뒤에서 한숨을 쉬어도 아빠는 너에게 언제나 웃어 주려고 노력할 거란다.

바라보는 방향이 같은 사람

사랑의 유통기간에 대해 들으면 거북하면서도 조금은 인정하게 되는 게 현실이란다. 사랑이라는 감정에 대해 기간을 정해두는 것은 사실 불가능한 일이지만 기간에 따라 조금씩 표현이 줄어들고 서운함이 늘어나는 것은 사실이란다.

처음에는 모든 것이 사랑스럽고 함께 하는 1초도 행복 그 자체지만, 그 감정은 시간의 흐름에 따라 점점 작게 느껴진단다.

그래서 우리는 흔한 착각을 한단다. 이 사람이 변했다고 말하기도 하고, 의심하기도 하지.

하지만 아주 자연스러운 현상이라고 생각한다. 물론 아빠도 멀리 바라보는 사랑을 깨닫기 전까지 이런 의심으로 수없이 관계를 망가트리고 가슴 아파했던 경험이 있단다. 나이를 먹고 돌아보면 얼마나 한심했는지 웃음도 나오고, 이별로 가는 직행 버스를 타게 만든 그 행동이 후회스럽기도 했단다.

조급해지고 모든 것을 소유하고 싶은 그 마음은 어쩌면 서로 바라보는 방향이 달랐거나, 사실 방향은 같았는데 기다리지 못해서 잠시 다른 곳을 보고 있는 그 모습에 화가 난 것일 수도 있다는 것을 나중에 알았단다.

그래서 사랑은 여유롭게 느긋하게 천천히 다가가는 연습이 필요하단다. 처음에는 힘들단다. 하지만 상처로 단단해지면서 노련하게 그 사람을 받아들이기도 하고 방향을 바꾸기 위해서 애를 쓰면서 차근차근 배우면 된단다.

이런 과정에서 아무리 애를 써도 같은 방향을 바라볼 수 없다면 그 관계는 신중하게 생각해봐야 한단다. 평생 같은 곳을 보지 못 하는 사람과 살아가는 것은 생각보다 쉽지 않단다. 그리고 그건 한쪽의 무한 희생과 일방적인 노력만으로 좋아지는 게 절대 아니란다.

물론 사랑의 힘은 그 무엇보다 위대하고 어떠한 글로도 완벽하게 표현할 수 없는 절대적인 감정이지만 그래도 사람이 지치면 사랑도 지친단다.
취미를 평생 공유할 수 있고, 남는 시간을 함께 사용할 수 있는 사람을 곁에 둔다면 얼굴에 생기는 주름 때문에 걱정하는 일은 없을 거란다.

매일 아침에 눈 떠서 얼굴을 보며 사는 그런 사이가 되는 건 단순한 끌림과 몇 가지 장점으로 결정할 수 없단다. 그런 서툰 결심은 평생 행복을 가져다줄 수 없단다.

결국, 서로를 이해한다는 것은 내가 좋아하는 것을 같이 공유하고 시간을 함께 보낸다는 것을 잊지 말길 바란다. 아무리 방향이 다르다고 해도 서로가 사랑으로 최소한 같은 것을 만들어 나갈 수 있고,

그 시간과 과정이 행복하다면 괜찮단다.

천생연분은 주어지는 게 아니라 서로 만들어가는
거란다.

겉모습에 반하지 않았으면

겉모습은 참으로 매혹적이고 우리 눈을 가리는 마력을 가지고 있단다. 어떤 사람을 처음 만나고 호감을 느끼는 단순한 감정은 대부분 겉모습으로부터 나온단다.

첫인상에 어떤 사람에게 반했다면 아마도 네가 생각하는 어떤 이미지에 가까운 사람을 만났다는 것일 테지만 그래도 짧은 시간에 너의 마음을 많이 주지 않았으면 좋겠다.

하지만 우리는 첫인상에 끌려 연애를 시작하는 경우가 많단다. 그건 어쩔 수 없는 동물적인 습관 중 일부라고 아빠는 생각한단다. 그래서 그 감정이 결코 잘못된 것은 아니란다.

 하지만 너무 오랜 시간 보이는 달콤함에 눈과 귀를 빼앗기면 좋지 않단다.

 어떤 사람을 단지 멋지고 예뻐서 만나는 것은 옳지 않기 때문이지. 만약 한눈에 반한 사람을 만나면 그 사람의 내면을 보기 위해 스스로 노력을 많이 해야 한단다. 보통 사람은 오랜 시간을 두고 봐야 진심이 보인단다. 그 사람의 행동과 태도는 겉모습에서 풍기는 이미지와 다른 경우가 많기 때문이지. 그래서 마음이 급해지지 않도록 스스로 제동을 걸고, 그 사람의 주변부터 보려고 시간을 아낌없이 투자해보렴.

 어떤 꿈을 가지고 있고 어떻게 노력했는지?
 어떤 사람들을 주로 만나는지?
 어떤 행동을 하면서 대부분 시간을 보내는지?
 너를 대하는 태도가 시간이 지남에 따라 달라지는지?

이런 식으로 천천히 알아가면서 내면을 봐야 한다.

만약 첫눈에 반한 사람에게 짧은 시간 안에 실망스러운 행동을 보게 되면 최대한 멀리 거리를 두고 더 천천히 그 사람을 관찰하렴.

금방 사랑에 빠진다는 것은 위험에 자신을 노출시키는 것과 같단다. 사랑이라는 감정은 물에 빠지듯 한순간에 빠져들기에는 너무 많은 것을 감수해야 한단다. 충분한 준비 없이 깊은 물에 빠지면 처참한 결과가 따라온단다.

준비운동도 안 하고, 수영도 안 배우고, 넓고 투명한 파란 바닷물이 예쁘다고 바로 뛰어드는 것과 비슷하지. 외모만 아름다운 사람은 세월이 흘러 늙으면 실망하지만, 내면이 아름다운 사람은 세월이 흐를수록 더 빛이 난단다.

혼자서도 행복한 사람이 되기를

외로움은 인간이 가장 견디기 힘든 감정 중 하나
라고 아빠는 생각한단다. 아무리 많은 것을 이뤘어
도 함께 나눌 사람이 없다면 아무것도 가지지 못한
사람보다 더 하찮은 인생으로 느껴질 수 있단다.
그래서 불행을 알면서도 외로워지지 않기 위해 더
고통스러운 결정을 내리는 미련한 존재가 바로 우
리 인간이기도 하단다.

어른이 돼서 지내다 보면 참 견디기 힘들 정도로
외롭다고 느껴질 때가 찾아온단다. 아마 그때는 너
에게 어쩌면 아빠는 아무런 도움을 못 줄 거란다.

네가 그 정도 외로움을 느낄 때가 되면 아빠는 이

미 늙어서 너의 감정을 공감해 줄 능력이 상당히 떨어져 있는 사람으로 변했거나, 아마 너와 대화할 수 없는 이 세상 사람이 아닐 확률을 슬프지만 말해본다. 하지만 머물 수 있는 그 작은 시간이 허락된다면 옆에서 아빠는 노력할 거란다.

그런데 사실 외롭게 지내도 괜찮단다. 옆에 누가 없어서 허전하다고 그 옆을 어울리지도, 가치도 별로인 사람으로 억지로 메울 필요는 없단다.

너는 너의 외로움보다 더 소중한 존재라는 것을 절대 잊지 말아라. 직장을 다녀도, 네가 유명해져도, 좋은 사람을 만나서 결혼을 해도 외로움은 언젠가 우리 삶에 찾아온단다. 그 고독이 잘 못 되거나 나쁜 것은 절대 아니니 두려워하지 말았으면 한다.

그래서 아빠는 네가 혼자여도 아름다운 사람으로 남을 수 있었으면 좋겠다. 억지로 사람들 사이에 끼어들고 허탈한 감정을 소모하는 것이 아니고 너 스스로 빛을 낼 수 있는 그런 네가 되었으면 좋겠다. 그러기 위해서는 스스로 단단해야 한단다. 확고한 자기 신념이 있고, 원하는 것이 명확하고, 어느 시간에 홀로 내동댕이쳐져도 절대 초라해지지 않을 만큼 강한 사람이 되어야 한단다.

사실 아빠는 외로움을 무척이나 많이 탄단다. 물론 혼자 보내는 시간을 좋아하는 사람으로 너는 기억하고 있겠지만, 그건 파도에 몸을 던져 오랜 시간 부딪치면서 단련시킨 거란다.

어린 시절에는 옆에 사람이 없으면 사람을 갈구했단다. 마치 주변이 비어있으면 불안해하는 사람처럼 말이지. 그런데 나를 채우는 연습을 하다 보니 주변은 그저 주변이라는 깨달았지.

그리고 어떤 어려움이 찾아오고, 견디기 힘든 고통의 시간이 밀려와도 결국 그것을 극복할 수 있는 건 자신뿐이라는 것을 알게 되었단다.

어릴 때는 그런 시련을 공유하고 싶어서 발버둥쳤단다. 그래서 사람을 항상 그리워했지. 주변이 휑하면 그 구멍이 계속 커질 거 같아서 두려웠단다. 근데 그 어떤 사람도 나를 구해줄 수 없는 것을 알게 됐단다. 그건 부모라도 할 수 없는 일이라는 것을 알게 되는데 슬프지만 그리 오래 걸리지 않았단다.

남녀관계도 마찬가지로 아무리 사이가 좋아도 그 문제를 완벽하게 해결해 줄 수는 없단다. 물론 너를 지지하는 영원한 동반자를 만나면 든든하고 좋을 테지만 너에게 발생한 문제는 사실 너의 문제란다. 그것이 집안일이든, 직장이든, 친구 문제이든, 아니면 아주 사소한 것이든 결국 해결사는 네가 되어야 한단다.

절대 의지하기 위해서 사람을 곁에 두지 말아라.

정말 많은 연애를 하고, 사람을 만나도 너를 채워줄 수 없다면 차라리 혼자 지내도 괜찮단다.
꼭 남들처럼 인생을 살 필요는 없단다. 너의 인생은 온전히 네 것이란다. 그 누구도 간섭하고 참견하게 가만히 두지 말아라.

네가 홀로 지내는 것이 마음 편하다면 너 자신을

벗 삼아 평생 시간 흐름에 몸을 던져도 된단다. 그것은 비참하고 실패한 인생이 절대 아니란다. 어쩌면 그것을 할 수 있는 사람들이 더 강한 사람이 아닌가 아빠는 요즘 생각해본단다.

사실 우리는 태어날 때도 혼자였고, 떠나는 순간에도 혼자란다. 주변은 그저 삶의 여정 속에 함께 걸을 수도 있고, 잠시 만날 수도 있단다. 그리고 때로는 홀로 걸을 수도 있단다.

하지만 혼자 걷는 법을 배우지 못하면 남의 도움 없이는 그 어떤 여정도 끝까지 마무리할 수 없는 사람이 되어버린단다.

결혼은 필수가 아닌 선택이다

인생을 살면서 중요한 순간이 많이 있단다. 진로를 결정하는 부분에서 신중해야 하고, 순간의 선택에 따라 삶은 각기 다른 색깔로 변하기도 한단다.

그런데 모든 선택지에 정답은 없단다. 어떤 색깔이 너에게 어울리는지는 대부분은 나중에 알게 된단다. 그리고 삶은 결국 자신에게 가장 어울리는 색을 찾아가는 길고 고독한 여정이란다.

수많은 선택 중에서 인생에서 가장 중요한 선택은 바로 결혼이라고 생각한단다. 결혼할지 혼자 살아갈지 결정하는 것부터가 골치 아픈 선택의 순간이란다.

결혼을 골치 아픈 선택으로 말하는 것에 솔직히 조금 불편하지만 그만큼 삶에 큰 영향을 주기 때문이란다.

세상은 빠르게 변하고 있단다. 정말 그 속도가 너무나 빨라서 따라가려고 해도 매 순간 버거울 정도란다. 그래서 지금의 이 생각과 글들이 너의 삶에 얼마나 도움을 줄 수 있을지 감히 예측도 안 된단다.

하지만 아무리 시간이 흘러도 결혼은 존재한다고 생각한다. 점점 결혼을 족쇄처럼 여기는 문화가 보편화 되겠지만, 그래도 완벽함을 위해 결혼을 희망할 거라고 본단다.

그렇지만 아빠는 네가 결혼 때문에 너 자신을 포기하지 않았으면 한단다. 지금이나 예전이나 결혼을 해서 인생에 조금 더 손해를 보는 사람을 저울질한다면 아마도 여자가 더 큰 피해를 감수하고 있다고 생각한단다. 물론 세상은 변하고 있지만, 출산이라는 큰 과정과 엄마라는 역할 때문이겠지.

네가 이뤄 놓은 모든 것을 포기할 만큼 소중한 사람을 만났기에 그래서 결혼을 하겠다고 결심했다면 아빠는 너를 응원하겠지만, 한편으로는 너라는 인생에 대해서 벌써 욕심을 부려본단다.

그렇다고 평생 혼자 살라는 것은 아니란다. 단지 너를 지키는 것이 가장 우선순위가 되어야 한다고 말하고 싶은 거란다. 결혼하고 아이를 낳고, 한 남자의 아내, 아이의 엄마로 살아가는 것은 그 무엇과도 바꿀 수 없는 표현 자체가 불가능한 소중하고 의미 있는 것은 분명하단다.

하지만 정말 너를 아끼는 사람이라면 너를 소중히 여겨줄 것이고, 내가 원하는 것을 이룰 때까지 충분히 기다려 줄 수 있어야 한다고 생각한단다.

남녀관계에서 너를 소중히 여긴다는 것에 시작은 아마 젊은 나이에 성관계할 때 얼마나 피임에 신경을 써주며 자신의 동물적인 성적 충동보다 너의 몸을 더 아끼는지부터 시작한다고 생각한단다.

사랑이라는 위대한 감정과 성욕을 구분 못 하는 남자라면 네가 너로서 살아감에 분명 도움이 안 되는 사람일 테니까. 남자는 생각보다 단순하고 충동적일 때가 많단다.

물론 모든 남자가 그런 것은 아니지만 그렇지 않다고 잘라서 말하기도 힘들구나. 사랑을 확인하기 위해 육체적 교감을 하는 것은 지극히 정상적인 활동이지만, 책임감 없는 쾌락만을 위한 행동은 인생에 절대 도움이 안 되기에 그런 사람을 잘 구분해서 너를 허락해야 한단다.

그리고 주변 분위기나, 시기 때문에 결혼을 선택해서는 절대 안 된다. 그런 선택으로 시작한 결혼은 머지않아 후회로 물들게 된단다. 결혼은 정말 네가 모든 준비가 되었고, 인생에 한 공간을 아내로, 엄마로 채울 수 있는 자신이 있을 때 해도 늦지 않단다.

만약 사회에서 경력을 쌓고 너를 세상에 남기고

싶은 욕심 있는 삶을 살고 있는데 결혼이 방해된다면 결혼을 천천히 하거나, 너의 인생을 혼자 즐겨도 충분히 아름답단다.

물론 아빠는 네가 든든한 사람을 짝으로 만나서 서로 의지하고 바라보며 동행하는 모습을 보면 좋겠지만, 너의 선택이 혼자 그 길을 걷겠다고 한다면 그 모습도 응원할 거란다. 꼭 옆에 누가 있다고 행복하고 완벽한 삶은 아니란다.

모든 기준의 시작은 너를 중심에 두고, 너를 먼저 아끼는 것에서부터 시작해야 한단다.

아이가 생긴다고 너를 포기 하지마

　결혼하면 합의에 따른 결정이던, 충동적인 행동 때문이던 아이를 갖게 될 확률은 높아진단다. 그 시점이 인생에서 앞에 오던, 뒤에 오던, 아이와 함께 인생을 살아가겠다는 결심을 한다면 아빠는 너만을 위해 이기적인 말을 해주고 싶구나.

　목숨보다 소중한 아이를 갖게 되더라도 너를 잃지 않았으면 한단다. 하지만 대부분 부모라는 새로운 세상에 들어가면 자기 자신보다 자식을 위해 삶을 희생하며 살게 된단다.

　아이라는 존재는 태어나면서 자신이 한없이 연약하다는 것을 잘 알고 있단다. 그래서 부모의 보살

핌과 사랑이 없으면 절대 생존할 수 없기에 생존본
능으로 부모가 자신을 떠나지 못하게 만든단다.

그것이 아이의 작은 웃음일 수도 있고, 성장하는
과정일 수도 있고, 어린아이가 너를 위로하는 순간
일 수도 있단다. 아주 여러 모습으로 부모가 자신
을 곁에 머물도록 철저하게 노력하면서 강한 의지
를 보인단다.

아빠도 너를 세상에서 만나고 비슷한 경험을 했단
다. 모든 것이 버거워서 다 내려놓고 싶은 순간이
오면 너는 아빠를 안아주고 위로해 주었단다. 마치
아빠가 너무 힘든 것을 알고 있다는 듯이.
하지만 아무리 소중한 자식이라도 너 자신보다 소
중하지는 않단다. 그래서 너를 잃어가면서까지 희
생하지 않으면 좋겠다.

부모가 되면 자동적으로 모든 생각, 행동, 소망은
오로지 자녀에게 초점이 맞춰진단다. 아빠도 그랬
고, 엄마도 그랬고, 거의 모든 부모가 그렇단다.
그런데 그 사랑을 먹고 자란 자녀는 결국, 커서

자신의 길을 찾아 떠난단다. 그리고 대부분 모든 부모는 자녀가 떠날 때 무한한 공허함과 그림자조차 흔적 없이 사라진 초라하고 늙은 자신을 발견하게 된단다. 하지만 우리는 이렇게 살아왔단다. 모든 것이 사라져도 자녀만 행복하면 괜찮다고 초라한 그림자조차 숨기며 숨죽이고 사는 게 부모기는 하단다.

부모의 특권은 자식으로부터 얻는 무한한 신뢰와 사랑이란다. 그것은 어떤 역경도 넘게 해준단다. 중독성이 매우 강력해서 본인 이름을 잃어버린 채 자녀를 위해 부모는 살아간단다.

그래서 아빠는 네가 너를 지키면서 아이를 사랑하고, 그 아이가 넓은 세상으로 나갈 때 너 또한 더 넓은 세상으로 나가기를 소망해 본단다.

늙어가는 건 그저 중력의 당김에 의해 생기는 주름과 반복적인 운동에 따른 뼈관절의 부식이란다. 누구나 이렇게 겉모습은 늙어간단다. 하지만 마음의 노화는 충분히 노력하면 영생을 이룰 수 있단다. 네가 너를 1순위로 아끼면서 주변을 돌볼 수 있다면 오히려 그 힘이 주변 사람들을 더 행복하게 만들어 준단다.

결혼했어도 아름다움을 갈망해라

결혼이라는 영역에 들어오면 상당히 안정감을 느끼게 된단다. 그 안락함은 편안함으로 사람을 변화시키지. 물론 반평생 함께 하기를 약속한 사람과 편한 사이가 되는 것은 아름다운 과정이란다.

하지만 결혼을 했다고 아름다움을 외면하면 안 된다. 여자가 아름다움을 유지하고 관리하는 것은 남을 위한 것이 아니고 스스로 당연히 지켜야 하는 권리란다. 물론 사는 게 빡빡해서 시간을 내기 힘들고, 자녀를 갖게 되면 삶의 패턴이 달라지는 어려움에 부닥치겠지만 그렇다고 해도 너의 아름다움을 유지하기 위해 하루에 일부분은 오로지 너를 위한 시간으로 써야 한단다.

남자라는 동물은 참 단순하단다. 아름다움과 묘한 매력에 언제나 끌려다니는 본능을 지녔단다. 그것은 나이와 지위를 초월하는 본능이란다.

사랑하는 사람이 생기면 그 마음이 한 곳을 바라보지만, 영원히 같은 마음을 가지지 못하는 사람들도 있단다. 그렇다고 모든 남자가 본능만 따르는 동물은 아니니 걱정할 필요는 없단다. 그것을 통제하기 위해 우리 인간은 이성이라는 것을 갖고 있어서 보통 사람들은 다 조절하거나 정말 한 곳만 바라보며 살아간단다.

하지만 남자들은 어떤 면에서는 참으로 이기적인 동물이란다. 결혼 후 자기관리에 소홀해지는 본인은 보지 못하고, 체중이 늘어나거나, 꾸미지 않는 아내를 보고 소홀하다며 탓을 하곤 한단다.

이렇게 하나둘 불만이 늘어나면 결국 하지 말아야 할 것에 마음을 빼앗기고 이성을 잃어버리는 실수를 한단다.

물론 남자를 만족시키기 위해 너를 가꾸라는 말은 아니란다. 아빠는 스스로 너를 지키라는 말을 해주고 싶은 거란다. 모든 일에는 희생이 따른다. 물론 관리에 소홀해지는 것도 시간을 다른 곳에 희생하느라고 자신에게 투자할 여유가 없어져서이기도 하겠지.

그럼에도 여자는 아름답기 위해 스스로 노력할 때 더 빛이 난단다. 누구를 만나든 네가 가진 매력 그 이상을 발휘하고 당당함을 유지하며 살았으면 좋겠다. 그냥 귀찮다고, 이제 잘 보일 사람도 없다고 그냥 자신을 방치하는 것은 너 자신에게 미안한 일이라는 것을 기억하렴.

자신에게 미안한 인생을 살지 말거라.

아무리 세월이 흘러도 너를 가꾸고 소중히 생각해야 다른 사람들도 너를 존중하고 더 아껴준단다.
자기 스스로 노력 없이 남들이 알아주기를 바라는 것은 어쩌면 이기적인 것일 수도 있단다.

아빠는 어릴 적 상당히 옷을 챙겨 입는 것에 신경을 썼단다. 용돈을 모아서 동대문 시장에 가서 싸고 저렴한 옷들을 샀단다. 그리고 밖을 나갈 때면 항상 신경을 쓰고 다녔단다.

유행을 따라가는 것이 아니고 아빠에게 어울리는 것을 찾아서 싼 옷도 잘 입고 다녔단다. 그렇게 노력하고 애쓰는 동안에는 옷을 잘 입고 다닌다는 칭찬도 종종 듣곤 했단다.

그런데 여러 이유로 아빠는 외적으로 보이는 것을 포기했단다. 사실 사는 게 바빠서 꾸미는 것에 신경을 꺼버렸단다. 그렇게 20년이라는 세월을 흘려보냈단다. 그런데 나이를 먹고 차려입고 나가려고 하는데 어떻게 꾸며야 할지 막막한 모습을 보면서 스스로 참 서글프기도 했단다.

여유가 생기면 다시 옷을 사서 입으면 되겠지 라고 생각했는데 아빠가 무신경하게 보낸 그 세월 동안에 패션에 대한 감각도 함께 사라진 것을 뒤늦게 깨달았단다. 물론 아빠는 사랑하는 너도 있고, 결혼도 했고, 그런 꾸밈이 사는 데 불편함이나 지장을 주지는 않지만 요즘 무엇을 입어도 어울리지 않는 아빠를 보면서 스스로 자신감이 떨어지는 경험을 했단다.

꾸준히 가꾸지 않으면 예전이라는 것은 한 번에 돌아오지 않는단다. 그렇기 때문에 출산하든, 바쁜 직장생활을 하든, 언제나 부지런히 너의 아름다움을 챙겨라.

너는 가꾸지 않아도 아빠 눈에는 최고로 아름답지만, 아빠는 네가 모든 사람에게 영원히 아름다운 여자로 기억되었으면 좋겠다.

결혼해도 돈 관리는 따로따로

만약 네가 결혼을 한다면 아빠가 해주고 싶은 조언이 하나 있단다. 결혼하고 너의 일을 그만두지 않았으면 한단다. 그리고 경제적인 부분은 따로따로 관리했으면 좋겠다.

네가 살아갈 세상은 아마도 결혼 때문에 여성이 경력을 포기하는 그런 세상은 절대 아니라고 생각하지만, 그럼에도 여러 가지로 여자가 더 불리한 입장과 상황에 부닥치게 된다고 생각한다.

우선 출산을 결심하면 육아 때문에 경력이 단절될 수 있고, 그러다 보면 자연스럽게 남편 수입에 의존하게 된단다. 만약 남편이 아주 만족스러운 연봉을 받거나, 사업을 하고 있다면 불편함보다는 일을 그만두는 것이 편안함으로 다가올 수 있겠지만, 그래도 너의 경력을 포기하거나 안락함 뒤로 숨지 말았으면 한단다.

아이를 키우면서 일을 한다면 많은 부분에서 아이에게 미안함이 생기고 아이와 함께 보내는 시간이 적어 괴로울 테지만 너의 인생을 잃어버리면 결국 남는 것은 아무것도 없단다.

어떻게든 일이나 하고 싶은 것을 통해 적은 수입이라도 만들고, 그 돈은 남편과 함께 공유하지 말아라. 물론 생활비 측면에서 서로 통장 하나를 만들어서 같이 지출하는 부분을 모아서 쓸 수는 있지만, 모든 돈을 한곳에 모아서 관리자 한 명을 정해서 재테크와 지출을 관리하게 하면 좋지 않단다.

서로의 수입이 균등하지 않다고 하더라도 네가 번 돈은 스스로 관리하고 꾸준한 투자 공부를 병행하기를 적극적으로 추천한다. 대부분 한 쪽이 돈을 모두 관리하게 되면 좋다고 하지만 그건 정말 뛰어난 재능을 가진 사람이 돈 관리를 하는 몇 명의 경우를 제외하고는 결말이 좋지 않은 것을 자주 봤단다.

그리고 한쪽이 맡으면 다른 한쪽은 자연스럽게 돈과 멀어진단다. 그만큼 세상 돌아가는 것으로부터 거리감이 생긴단다. 그렇게 나이를 먹으면 먹을수록 인생은 사막처럼 건조해진단다.

네가 살아갈 세상이 증강현실(AR)과 가상현실(VR)을 기반으로 한 메타버스 세상이 될지 지금의 모습을 유지한 세상이 될지 아빠는 전혀 예측할 수 없지만, 나이를 떠나서 뒤처짐은 언제나 위험하단다.

여자가 돈 관리를 주로 하는 집에서 남자들은 사소한 불만을 느낀단다. 마치 일하는 기계, 노예 같다는 말을 술자리에서 안주 삼아 한단다. 물론 그렇다고 그들이 삶을 불만족스럽게 생각하고, 불행하다고 여기는 것은 절대 아니란다.

단지 일정한 노동으로 매일 희생해서 받는 월급을

만져보지도 못하고 고스란히 아내와 자식들에게 주는 삶을 지속하면서 삶의 의미를 조금씩 잃어가기 때문이란다. 그래서 남녀를 떠나서 결혼과 삶은 정확한 구분이 필요하단다. 그 선이 명확할수록 자신을 잃어버리지 않게 된단다. 그리고 선을 긋기 위해서는 돈은 절대적으로 필요한 수단이란다.

너의 수입을 남편에게 관리하게 두고, 너는 아이를 양육하는 것에 집중하며 시간을 보내는 것을 선택했을 수도 있단다. 믿음도 있고, 결혼한 사이니까 괜찮다고 생각하겠지만, 그러다 어느 날 네가 큰돈이 필요해서 달라고 했는데 남편이 돈이 없다고 말하면 과연 무슨 일이 벌어지겠니?

아마도 궁금하겠지. 그동안 몇 푼 쓰지도 않고 버는 돈을 남편에게 꼬박꼬박 돈을 줬는데, 없다고 하면 그 말이 믿어지지 않을 거란다. 이런 경우에는 남편들이 아내 몰래 위험한 투자에 손을 댔거나, 지루해진 결혼생활을 위로하기 위해 한눈을 파는 데 썼거나 등 대부분 좋은 곳에 사용해서 돈이 사라진 경우는 드물단다. 이런 일이 발생하면 좋았던 관계도 한순간에 돈 때문에 무너진단다. 물론 이 여자가 돈을 관리하다가 실수하는 반대의 경우도 있단다. 하지만 돈으로 망가진 관계의 회복은 거의 불가능한 상태가 되어 인생에 찌꺼기처럼 머문단다.

이유는 서로 간에 신용을 잃어버렸기 때문이지. 그런데 그렇게 생각 없이 돈을 쓴 사람을 원망하기에는 기회를 준 사람의 잘못도 있다는 것을 인정해야 한단다. 사람의 욕심은 끝이 없어서 여윳돈이 생기면 어떻게든 과욕을 부린단다. 그건 아주 단순한 본능이란다. 그래서 항상 이런 일들이 살면서 발생한단다.

남남처럼 네가 사랑하는 사람을 대하라는 것은 절대 아니란다. 단지 최소한 서로를 존중해주며, 더 오래 사랑하고, 더 오래 서로 논의할 수 있는 그런 멋진 결혼생활을 했으면 해서 이런 말을 하는 거란다.

만약 데이트하는 사람이랑 결혼을 꿈꾼다면 연애

할 때부터 이런 경제적인 관념에 대해서 확실하게 말해두고 그것까지 받아들이고 이해할 수 있는 사람과 함께 시작하면 좋겠다. 경제적인 능력은 결국 그 사람의 범위를 포함한단다. 누군가에게 의존하는 삶을 선택하면 평생 의존을 해야 한단다.

결혼은 누군가에게 의존하기 위해서 선택하는 도구가 아니란다.

이혼 앞에서 망설임은 후회를 부른다

이런 말을 꺼내는 아빠가 참으로 밉겠지만 너를 걱정하기에 어쩔 수 없는 것 같구나.

결혼이라는 큰 결심과 누군가와 함께 사는 삶을 선택했다면 그 결심과 용기에 박수를 보내고 당연히 너의 행복을 응원한단다. 하지만 모든 결혼생활이 우리가 생각하는 것처럼 장밋빛은 절대로 아니란다. 아주 작은 충격과 본능 앞에서 쉽게 무너지는 결혼생활도 많단다.

조건 없는 타협과 양보, 이해심을 가지고 버티면서 사는 것이 절대 사랑의 종착지는 아니란다. 그러는 사이에 망가지는 너의 모습을 냉정하게 들여

다볼 수 있어야만 한단다. 결혼에서 받은 상처는 쉽게 아물지 않는단다.

물론 결혼은 해도 후회, 안 해도 후회라는 말이 틀렸다고 생각하지는 않는다. 그리고 무엇을 선택해도 후회를 할 거라면 이혼 딱지를 달고 마지막 페이지를 쓰더라도 한때 사랑했던 사람과 함께하는 큰 결심을 하는 것도 인생에 큰 도움이 된다고 생각한단다.

결혼해서 네가 행복하지 않다면 남의 시선 따위는 신경 쓰지 말고 이혼하게는 최선이란다. 물론 결혼해서 자녀가 태어났다면 이혼을 결정하기 힘들고, 아무리 힘들고 무의미한 결혼도 인내하고 참으면서 부모의 역할에 너 자신을 던지는 것이 옳다고 여겨질 수도 있지만, 네가 무너지면 소중한 것들도 결국은 다 잃어버리게 되어있단다.

자신을 잃어버리면 주변에 남는 것은 껍데기에 불과하단다. 불행한 부모를 보고 자란 자녀는 과연 어떤 행복을 배웠을까?

오히려 멋지게 자신의 삶을 살면서 제한적이지만 행복하게 보내면서 노력하는 모습을 자녀에게 보여주는 것이 서로에게 더 좋은 영향을 줄 수도 있단다.

물론 부모와 자식 관계는 쉽게 자를 수 없는 진한 피로 이어진 관계이기에 글처럼 쉬운 결정은 힘들겠지만, 모든 선택은 네가 하는 것이고 선택에 대한 책임 또한 너의 몫이라는 것을 항상 가슴에 담아둬야 한단다.

그리고 아무리 생각해도 지금의 결혼이 네가 늙어 눈 감는 순간이 되었을 때 인생에 후회가 될 거라고 여겨지면 절대 망설이지 말고 너의 길을 가야 한단다.

그 길이 외롭고 모든 발걸음이 죄책감으로 낙인을 남긴다고 하더라도 한 번뿐인 소중한 인생에 너 자신을 희생양으로 삼지 말았으면 좋겠다.

상처를 주는 삶을 살았으면

관계에서 상처를 주고받는 것은 피할 수 없단다. 남에게 상처 주기 싫어서 소극적으로 표현하면 남들에게 오히려 상처받기 쉬워진다. 그리고 남에게 상처를 주는 삶을 살면 너의 주변은 항상 외롭고 기댈 곳을 잃어버릴 수도 있단다.

하지만 상처를 주더라도 사회적으로 지위가 높거나 어떠한 권력으로 보호받고 있다면 일시적으로 주변 사람들은 너의 근처에 머문단다. 보통 이런 경우 착각에 빠지기 쉽단다. 자신이 훌륭하고 뛰어나서 직설적인 말과 상처를 남에게 수없이 던져도 사람들이 주변에 머문다고 착각을 하지. 하지만 이런 사람들 주변에는 진심을 담아 남아 있는 사람을 찾기 힘들단다.

그런데도 아빠는 네가 상처를 받는 삶보다는 조금 이기적인 인생을 살라고 말해주고 싶단다. 그렇다고 남에게 가시가 되는 말만 던지며 너의 주장이 무조건 옳다고 포장하며 살라는 것은 절대 아니란다.

적어도 약한 사람이라고 인식돼서 사람들이 함부로 너를 대하지 않도록 너를 가꾸고 관리해야 한단다. 그러면 안 되지만 우리는 약해 보이는 사람에게 더 함부로 대하기도 한단다. 그건 아마도 자기 자신이 세상에서 가장 소중하기 때문에 누군가 위에 올라가거나 초라한 삶을 감추기 위한 추악한 방법을 선택한 것은 아닌가 아빠는 생각한단다.

편함을 추구하고 남에게 지시하고, 남을 이용하는 것에 익숙해지면 자신이 원하는 것을 손쉽게 이루기 수월하다고 착각하는 것과 똑같단다.

그래서 잊지 말아야 할 것이 있단다. 아무리 강한

척하고 자신이 속한 그룹에서 가장 약자를 찾아 괴롭혀도 본인 또한 누군가에게는 그저 약자일 뿐이라는 사실이란다.

약자에게 함부로 대하는 사람일수록 강자에게 약하고, 약자에게만 강한 태도를 보인단다. 이런 사람들은 평생 강자의 눈치를 보고, 강한 자에게 당한 것을 자신보다 조금이라도 약해 보이는 사람에 풀면서 정당화하는 삶을 평생 반복하며 산단다.

아빠가 남에게 상처 주는 삶을 살았으면 좋겠다고 한 말의 진정한 의미는 약한 사람이 되지 말라는 것이란다. 우주에서 가장 강한 사람이 될 수는 없지만 적어도 남들이 함부로 하지 못하도록 너 자신을 꾸준히 돌봐야 한단다.

남을 배려하고 남들에게 좋은 사람이 되는 것도 더불어 사는 우리 삶에 중요하지만, 아름다운 꽃이 되어도 누군가 함부로 꺾지 않도록 가시를 만들어 스스로 보호하고 자신을 아끼면서 살길 바란다.

공부 잘해야 부자가 되는 건 아니다

살면서 돈이 없으면 불편함을 경험한단다. 하지만 돈이 무조건 많다고 반드시 행복한 삶을 가진다는 공식은 존재하지 않는단다.

그럼에도 돈은 부족한 것보다 넉넉한 것이 마음의 여유와 자신이 원하는 것을 이루는데 시간을 단축시켜주는 것은 부정할 수 없단다.

한 가지 불편한 사실은 모든 사람이 돈 앞에서 평등하게 태어나지 않았다는 사실이란다. 쉽게 말하면 태어나는 순간부터 부모의 역량에 따라 가진 것에 대한 양이 다르다는 것이지. 그래서 가난한 사람들은 약간 억울할 수도 있단다. 물론 화가 날 수도 있지. 하고 싶은 것이 생겼는데 부모님 능력 때문에 포기해야 한다면 삶은 한없이 비참해지기도 한단다.

그런데 사실 그건 그들의 잘못이 아니란다. 그러니 너무 억울해하거나 자책하지 않았으면 좋겠다. 네가 아무리 화를 내고 신세를 한탄해도 달라지는 것은 사실 아무것도 없단다. 그 시간에 다른 방법을 생각하고 행동으로 옮기는 것이 더 중요하단다.

탈출하는 방법에는 정말 여러 가지가 있단다. 학창시절 좋은 성적과 사회에서 원하는 기준을 충족해서 월급을 많이 주는 회사에 취직하고, 이른 나이에 돈을 소중하게 다루면서 꾸준히 조직의 한 사람으로 능력을 발휘하며 몸값을 높여가는 방법도 있단다. 어쩌면 가장 보편적이고 흔한 방법이기도 하지만 그 문턱을 넘기 위해서는 철저하게 너의 개성보다는 이 사회가 원하는 사람이 되기 위해 많은 노력을 해야 한단다. 하지만 설령 노력을 통해 이뤘다고 해도 그것이 너의 꿈과 일치하지 않을 확률은 여전히 존재한단다.

이상과 현실의 차이를 느끼면 사람들은 혼란을 경험한단다. 분명 원하는 만큼 돈도 벌고 자산도 꾸준히 늘어 가는데 마음의 공허함 때문에 괴로운 거지. 그래서 좋은 직장에 취직하고 몇 년 만에 그만두거나, 안정되었다고 남들 따라 몇 년간 공부해서 공무원이 되었다가도 그만두는 일이 생기기도 한단다.

아빠는 그들이 포기하고 방향을 바꿨다고 해도 그런 선택이 나쁘다고 생각하지는 않는단다. 왜냐하면, 그들은 적어도 인내하고 노력해서 자신이 원하는 것을 성취한 경험을 얻었기 때문이지. 그리고 그 속에서 일하면서 진정으로 자신이 원하는 것을 생각하고 두렵지만, 다시 밖으로 나오는 용기를 냈기 때문이란다.

보통 이런 사람들은 경험을 통해 빠르게 다음 목적지를 찾고 전진하는 경우가 많단다. 이미 방법을 알고 있고, 학창시절에 충분한 지식을 축적했기 때문이지.

그런데 가난하다고 신세만 한탄하고 아무것도 하지 않으면서 그릇만 키워가는 사람들도 있단다. 사실 이런 부류의 사람들이 대부분이라고 해도 과장된 것은 아니란다. 먹고 살기 위해서 결국은 돈을 벌어야 하는 순간이 오면 그들이 선택할 수 있는 선택지는 별로 없단다.

학창시절에 공백은 결국 제한적인 직업 선택이라는 결과로 나타나는 것이 이 사회 시스템이기 때문이지. 그래서 월급은 적고 쉽게 대체가 가능한 직종에 몸을 담는 경우가 많단다.

어떤 직업을 가졌는데 몇 년을 일해도 경력과 능력을 대수롭지 않게 여겨지는 것은 상당히 서글픈 일이란다. 대부분 이런 업종은 최저시급을 살짝 넘기는 정도의 돈만 준단다. 왜냐하면, 고용주는 입장에서 아쉬울 것이 없기 때문이지. 어떤 사람이 수십 년을 일 했어도 새로운 사람을 고용해서 몇 주만 가르치면 대체 할 수 있기 때문이란다. 그 사람이 하던 일은 기계가 반복해서 하는 의미 없는 일에 불과하단다.

결국, 이런 업종은 과학 기술이 발전함에 따라 인공지능이나 로봇으로 대체 될 확률이 매우 높단다. 그러니 급여는 경력과 무관하고 아무리 오래 회사에 다녀도 대접받거나 성취감을 느끼지 못한단다. 그래서 적게 벌어도 소비에 더 많은 집중을 한단다.

이해가 안 될 수도 있지만 어설프게 미래가 없이 돈을 버는 사람들이 오히려 과소비에서 벗어나지 못하고 지갑을 쓸데없이 여는 경우가 많단다. 왜냐하면, 그렇게 해서라도 자신의 가치를 증명하고 싶어서란다. 안타깝지만 이게 단순한 우리들의 단면이기도 하단다.

오히려 능력에 따라 승진도 되고, 자신의 경력을 쌓을수록 대체 불가능한 사람으로 발전하는 조직 속에 있는 사람들은 만족감을 그런 소비에서 찾기보다는 능력으로 보여주기 위해 더 노력하게 된단다.

충분한 보상이 있고 대우가 있기에 분수를 넘는

소비는 그들에게 중요하지 않단다. 오히려 자신을 더 발전시키는 것에 아낌없이 투자한단다. 그래서 시간이 흐를수록 격차는 더 벌어진단다.

그렇다고 아빠가 너에게 무조건 대기업에 취직하라고 하는 것은 절대 아니란다. 그리고 학창시절 공부에 흥미도 없고 공부 머리가 부족하다고 무조건 인생이 불행하다고 말하는 것은 더더욱 아니란다.

우등생이 부자가 되는 것을 부럽게만 보지 말고 그들이 노력했던 시간에 대해 냉정하게 생각해야 한단다. 시간처럼 모든 사람에게 공평하게 주어진 것은 없단다. 부자의 시간도, 가난한 사람의 시간도 단 1초의 오차도 없이 모두 같단다.

그래서 원망할 시간에 가치 있는 무엇을 위해 나만의 시간을 사용해야 한단다. 헛되게 쓰인 시간이 아니라면 그 보상은 어떠한 형태가 돼서라도 사는 동안 결국은 돌아온단다.

사회에서 원하는 사람이 되기보다는 무엇이 너를
행복하게 하는지 발견하고 작은 성을 쌓아가렴. 행
복하게 일하는 사람을 돈은 언제나 좋아하고 결국
그런 사람들에게 돈은 모여든단다.

적은 돈을 무시하면 안 된다

막연하게 부자를 꿈꾸는 것은 거지처럼 살겠다고 선언하는 것과 다를 것이 없단다. 태생이 부유하다면 걱정할 것이 없지만 사실 그것도 네가 이룬 성과는 아니란다. 결국, 부모의 재력을 물려받은 것에 불과하지. 그렇다고 너무 억울하게 생각하지 말았으면 한단다. 남의 덕으로 얻어진 것들은 그 가치를 잘 모르기에 한순간에 거품처럼 사라지기도 한단다.

자기 손으로 빨래, 설거지, 간단한 음식을 만드는 것조차 하지 못하고 부모 돈으로 살아갔던 사람들에게 좌절이 찾아오면 견뎌낼 힘이 부족해서 영원히 주저앉기도 한단다. 그러니 그냥 다른 세상 사람들 이야기로 밀어 두고 사는 것이 속 편하단다.

남의 집 담장 안에 있는 사과나무가 먹음직스럽다고 평생 바라만 보면 얻을 수 있는 건 아무것도 없단다. 바라보며 군침을 삼키는 시간에 작은 씨앗이라도 자기 집 마당에 심어야 나중에 진정한 내 것을 얻을 수 있단다.

가끔 어떤 사람들은 사과나무가 자라서 열매를 맺는 그 기다림의 시간이 지루하고 견딜 수 없다고 남의 집 담을 넘거나, 막대기로 사과를 훔치기 위해 시간을 축내기도 한단다.

만약 이런 방법으로 사과를 얻었다면 그것은 잠깐의 달콤함에 지나지 않는단다. 결국, 배고픔은 다시 찾아오고 심어둔 나무가 없다 보니 다시 남의 것을 탐내는 삶을 반복하게 된단다.

인생을 살면서 돈은 많아도 탈이 나고, 없어도 문제가 생긴단다. 무엇보다 중요한 것은 돈을 대하는 태도에 있단다. 그냥 갖고 싶은 것을 사겠다는 단순한 논리로 돈을 바라보면 돈도 너를 단순하게 생각한단다.

 우리는 어쩔 수 없이 부모의 품에서 벗어나서 스스로 자립을 해야 한단다. 만약 어떤 도움도 부모로부터 받을 수 없다면 너에게 가장 필요한 것은 바로 돈이 된단다.

 돈을 벌기 위해 직장도 필요하고, 퇴근하고 잠을 잘 수 있는 공간도 필요하고, 삼시 세끼 음식도 사 먹어야 한단다. 물론 외모 관리를 위해 보이는 것에도 꾸준히 돈이 들어간단다.

 당연히 무일푼으로 세상에 던져졌다면 막막하겠지. 아마도 최저시급을 주는 몸을 쓰는 단순노동을 하거나, 나오는 월급으로 집세가 저렴한 반지하나 옥탑방을 구해서 눅눅하고 춥게 밤을 보내게 될 것은 당연한단다. 그리고 먹는 것도 대충 먹거나 저렴한 간편식으로 끼니를 해결하겠지.

 아마도 참 하루하루가 힘들 거란다. 그런데 더 막

막한 것은 돌파구가 전혀 보이지 않는 연속적인 삶
이란다. 아무리 생각하고 머리를 굴려도 한 달 벌
어서 한 달 해결하면 남는 것도 없고, 월급을 많이
주는 좋은 회사로 옮기려고 해도 매일매일 힘든 육
체노동에 지쳐서 다른 공부는 엄두도 나지 않겠지.

그렇게 살다 보면 억울해서 점점 포기하게 되고
그냥 인생에 대해 즐긴다는 태도와 잘나가는 부러
운 사람들에게 악성 댓글을 남기며 하루하루를 무
의미하게 살게 된단다. 아빠는 살면서 이런 안타까
운 젊은 영혼들을 많이 봤단다.

중요한 한 가지는 월급이 적다는 것에 대한 빠른
인정이란다. 배운 것도 없고, 기술도 없어서 좋은
직장은 꿈에도 불가능한 현실이라도 언제나 우리
삶에 돌파구는 존재한단다.

아빠가 경험한 돌파구는 바로 절약이란다.

절약은 버는 돈이 적을 때 더 큰 위력을 발휘한단
다. 당장 연봉을 올리거나 더 좋은 직장으로 옮기

는 것은 힘들지만, 돈을 절약하면 그만큼 미래를 준비할 수 있는 에너지를 비축할 수 있단다. 그래서 상황이 좋지 않을 때 더 절약하고 미래를 위해 대비해야 한단다.

아빠는 돈을 어느 정도 모으고 경제적으로 심하게 걱정하지 않는 순간이 된 서른 후반에도 단돈 10원을 무료로 주는 앱을 설치해서 매일매일 받았단다. 물론 10원으로 살 수 있는 것은 멸종되었단다. 하지만 하루에 10원을 공짜로 주는 데 귀찮아서 안 받는 것이 아빠한테는 더 한심하게 느껴졌단다.

그 작은 10원도 한 달이면 300원이 되고, 일 년이면 3,600원이 된단다.

사람들이 자주 하는 말로 '삽으로 땅을 파면 10원이 나오는지 봐라'라고 한단다. 그런데 사람들은 실제로 10원을 우습게 생각한단다. 하지만 이런 마음가짐은 부자가 되기 힘들단다. 돈을 소중하게 생각하고 아끼는 마음은 내가 지금 가난하고 부자인지에 따라서 달라지면 안 된단다.

조금 수입이 좋다고 사치하고 평생 그 정도 돈을 벌 수 있다고 착각해서 가진 것을 모두 쓰다가 갑작스러운 상황으로 어려움이 닥치면 사람들은 모두 후회를 한단다.

'아…. 그때 절약하고 조금이라도 저축을 해두었으면….'

하지만 이미 돈을 물 쓰듯이 펑펑 썼기에 이제는 남은 돈이 없다는 것을 나중에 깨닫는단다.

완벽하게 자유로운 삶은 누구나 꿈꾸지만 그런 행운은 정말 소수에게만 주어진단다. 그리고 아무리 능력이 뛰어나도 시대적 배경과 운을 포함한 여러 가지 요소들이 충족돼야만 대단한 결과물을 만들 수 있단다.

흔히들 위대한 업적으로 큰 부를 이룬 사람들을 찬양하며 그들과 같은 삶을 꿈꾸지만 그런 희망을 품는 시간에 해야 하는 것은 분수에 맞는 소비 습관을 지니고 절약하는 마인드를 가지는 것이란다.

그래야 기회가 왔을 때 놓치지 않을 수 있단다.

절대 잊지 마라. 적은 돈이 모여서 큰돈이 된단다.
그리고 가난 탈출의 최고의 명약은 바로 절약이란
다.

고정 수입만 있다면 부자는 될 수 있다

부를 축적하는 방법에 관한 수많은 책이 있단다. 모두 자기만의 성공법칙이 옳다고 말하며 노력하면 누구나 부자가 될 수 있다고 대부분 말한단다.

하지만 그것은 모든 사람에게 적용되는 법칙은 아니란다. 사람들은 개인별로 잘하는 것들이 조금씩 있단다. 그런 보이지 않는 요소와 성격, 가치관, 환경 그리고 주변 지인 등 실제로 미묘하게 연관된 것들이 잘 조합돼서 나온 결실이란다.

성공한 사람들을 무조건 따라 한다고 부자가 된다면 아마도 전 세계에 가난한 사람은 아무도 없을 거란다. 하지만 유명한 사람들의 서적은 꼭 읽어

볼 필요가 있단다. 당장 내 상황에 적용하기 힘들고 시대가 달라졌음에도 그런 부를 이룬 사람들에게는 공통으로 배울 점이 항상 존재한단다.

아빠도 돈에 관한 책을 포함해서 다양한 책을 많이 읽었단다. 아니 요즘도 틈틈이 오디오북이든 종이책이든 시간을 내서 손에 항상 책을 들고 다닌단다.

욕심이 많아서, 시간이 남아서라기보다는 스스로 채찍질하고 뒤처지지 않기 위해서 없는 시간을 만들어서 읽고 듣는단다.

게을러지고 나태해진 태도를 바로잡고 초심으로 항상 방향을 유지하기 위해서는 동기부여가 필요하단다. 사람은 참 단순해서 조금만 상황이 좋아지면 바로 나태해지고 남을 이용할 생각을 한단다.

갑자기 책에서 돈 이야기를 시작하니 아마 아빠가 가진 특별한 비밀을 너에게 알려준다고 생각할 수도 있겠지만 아빠는 너에게 특별한 방법을 알려 줄 수 없단다. 그 이유는 아빠가 투자한 방법이 묵묵하게 절약하면서 무리하지 않는 선에서 공부하고 용기를 내서 투자하는 삶을 살았기 때문이란다.

그렇기 때문에 아빠는 신념이 있고 믿음이 있단다. 그 누군가 정말 기댈 것이라고는 몸뚱이 하나뿐이라고 말해도 부자가 될 수 있다고 말해줄 거란다. 물론 부자의 정의는 개인마다 가치관에 따라 다르단다.

어떤 사람은 2022년 기준으로 최소 50억은 있어야 한다고 말하는 사람도 있고, 어떤 사람들은 20억만 있어도 충분하다고 사람도 있지. 물론 강남 아파트 가격을 고려해서 100억은 있어야 자본소득만으로 편하게 놀고먹고 산다고 하는 사람도 있단다.

그런데 그 숫자는 본인이 정하는 것이란다. 그리고 그것을 이루기 위해서 가장 필요한 것은 완벽한 직장도, 부자 부모도, 운도, 능력도 아니고 적은 돈이라도 꾸준하게 오랫동안 받는 직장에서 버티면서 준비하는 인내심이라고 생각한단다. 왜냐하면, 그래야만 가난한 사람이 목돈을 마련할 수 있기 때문이란다.

돈은 아주 간단한 원리로 불어난단다. 급여 소득만으로 부자가 되는 사람들은 정말 엄청난 능력자일 가능성이 매우 크단다. 그런 몇 명의 천재들을 제외하고는 대부분 부자들은 투자나 사업을 통해서 자수성가한단다. 이것 말고 부자가 되는 방법은 사실 복권이나 엄청난 부잣집 자식을 만나서 눈칫밥을 먹는 대가로 빈대가 되거나, 범죄자가 되어 한탕 크게 하는 게 전부라고 생각한단다.

사실 현실은 조금 불편하단다. 하지만 정말 가진 게 없는 사람에게도 공평하게 주어진 가장 비싸고 고귀한 자원이 있단다. 바로 시간이란다. 그래서 가난할수록 시간을 잘 사용해야 한단다. 우선 꾸준히 오랫동안 성실하게 일하는 것을 아빠는 말하는 거란다.

남들이 놀 때 같이 놀고, 날들이 쉴 때 같이 쉬고,

날들이 돈을 쓸 때 같이 쓰면 결국 평생 평균 이하의 삶을 살게 된단다. 이유는 기회를 잡을 종잣돈이 없기 때문이지.

적은 수입을 꾸준히 받는 삶이 조금 지루하고 몸이 고단해도 자신을 던져야 한단다. 박봉이어도 매달 절약하면서 꾸준히 돈을 모으고 소비하는 습관이 아닌 복리로 돈을 관리하는 습관을 만드는 것이 가장 중요하단다.

물론 목돈을 만드는 과정도 수많은 투자 방법이 존재한단다. 주식도 있고, 펀드도 있고, 코인 투자 그리고 적금, 부동산 투자도 있단다. 하지만 처음에는 위험성 있는 투자보다는 큰 투자를 위한 인내심을 단련시켜야 한단다. 그래서 적금부터 시작할 것을 추천한단다. 그냥 월급에서 최소한의 경비를 세부적으로 계산해서 통장에 돈 들어오는 날 저축을 바로 해버리는 것이 가장 무식하지만, 절약 습관을 만들고 돈을 모으는 성공확률을 가장 높은 방법이란다.

처음에는 정말 지루하고 남은 돈으로 생활하는 것이 비참하고 불편하겠지만 사람은 적응의 동물이란다. 그런 것이 몸에 습관화되면 불편함도 그냥 익숙함이 된단다. 그리고 매달 꼬박꼬박 저축하면서 처음에는 푼돈이지만 점점 100만원, 500만원 1000만원, 2000만원 이렇게 늘어나는 것을 경험하면서 생각이 달라진단다.

이런 경험으로 목돈을 만든 사람들은 돈의 소중함을 누구보다 잘 알기 때문에 나중에 투자할 때도 충동적이기보다는 신중한 판단을 하게 된단다. 돈을 모으는 과정에서 매일 소처럼 일만 하고 남는 시간을 그냥 쉬는 것이 아니고, 바로 투자 근력을 단련하기 위한 공부를 꾸준히 병행하는 것이 중요하단다. 그래야 기회를 포착하는 눈을 가질 수 있고, 주변에 올바른 조언을 듣고, 빠르게 기회를 잡기 위해 결단하고 행동할 수 있단다.

오랜 시간 투자를 하다 보면 결국 타이밍이 얼마나 중요한지 깨닫게 된단다. 그 시기를 포착하는 감각을 배우고 목돈을 가지고 용기 있게 도전해야 가난을 탈출할 수 있단다. 남에게 보여지는 것에 신경 쓰지 말고 조금은 초라해 보여도 미래를 준비해야 한다.

남에게 의지하지 말고 스스로 만들어라

살면서 남에게 의지하는 것은 나약한 인간에게 어쩌면 너무 당연할 일이라고 생각한다. 우리는 태어나서 부모의 도움 없이는 생존 불가능할 정도 약한 존재였단다. 그래서 그런지 의지하고 기대는 버릇은 쉽게 사라지지 않는단다.

물론 의지할 곳이 있다는 것은 한편으로는 행운이라고 할 수도 있지. 그래서 특히 어릴 때는 부모에게 많은 기대를 한단다. 성공한 사람 중 눈에 보이는 화려한 성과를 뒤에는 좋은 배경이나 환경 그리고 연결고리를 가져다준 부모님이나 인연을 가지고 있는 경우를 흔하게 찾아볼 수 있단다. 물론 그들이 모두 다른 사람 덕으로 성공했다고 말하는 건 아니란다. 당연히 피나는 노력과 고민 그리고 행동으로 옮긴 용기가 존재했다는 것을 절대 부정하지는 않는단다.

하지만 비참한 경우도 많단다. 어쩌면 더 많은 부류의 사람들이 여기에 속한단다. 바로 부모에게 기대는 것은 고사하고 오히려 그들을 책임져야 하는 삶이란다. 이런 경우에는 돌파구를 찾기 힘들어서 나쁜 길로 빠지는 경우가 종종 있단다.

그럼에도 이런 힘든 환경을 이겨내고 성공한 사람들이 우리 주변에 많이 살아 숨 쉬고 있단다.
아빠는 이런 사람들을 정말 존경한단다. 하나씩 스스로 만들어 나간 정말 멋진 사람들이지. 그리고 이런 사람들은 내적인 내공도 충만하단다. 어떤 비바람이 몰아쳐도 자신의 자리를 지킬 수 있는 몸빵이 되는 사람들이지. 그래서 쉽게 무너지지 않고 넘어져도 훌훌 털고 금방 일어난단다.

물론 사랑하는 자녀를 둔 처지에서 무엇이든 주고 싶은 게 부모 마음이란다. 남들과 비교할 때 못 해

준 것만 떠올라서 천사 같은 표정으로 자는 너를 보며 아빠는 항상 미안했단다. 그렇다고 아빠가 고통받았던 만큼 너에게 부담되는 삶 주는 형편없이 살고 있지는 않단다. 적어도 아빠가 겪은 그 힘든 시간을 대물림하지 않을 정도로 노력했고 나름의 성과를 이루고 있단다.

하지만 아빠는 네가 부모나 다른 사람에게 의지하는 나약한 삶을 살지 않았으면 한다. 적어도 스스로 너의 삶을 개척하기를 희망한단다. 그래야 너의 삶이 가치 있고 행복해진단다. 스스로 만들지 않은 인생은 가볍고 스스로 만족감을 줄 수 없단다.

금전적으로 도움을 받아서 빨리 자립을 하고 좋은 아이디어를 가지고 성공하는 것도 만족스러운 인생이고 너의 성취란다. 하지만 사람은 성공하면 도움을 받았다는 사실을 금방 잊는단다. 그런 단순함이 관계를 무너트리고 작은 균열은 점점 커져서 문제가 생기는 게 인생이란다.

만약 도움을 받는다면 지혜를 갈구해라. 물질적인 것이 아닌 그 사람의 경험을 배워야 한단다. 돈이 아닌 절대 돈으로 살 수 없는 인생 철학을 배우고 실천하는 만큼 너도 성장한단다. 돈은 받아서 쓰면 없어지지만, 지혜와 경험은 얻으면 평생 자신의 것이 된단다.

사람들은 무엇을 가졌고, 어떤 것을 이뤘는지에 많은 관심을 가진단다. 결과물을 보고 모든 것을 판단하지. 하지만 비슷해 보이는 결과물도 똑같은 과정을 거쳐서 만들어진 것은 하나도 없단다.

우리 인생은 공장에서 만들어내는 물건이 아니기 때문이지. 그래서 아무리 같은 결과물을 얻었다고 해도 똑같지 않단다. 한 번 사는 인생에서 너만의 결과물과 과정은 중요하단다. 그 과정이 고단하고 실패의 발자국만 남겨됐다고 하더라도 그래도 괜찮단다.

너 스스로 선택해서 걸어온 길이라면 지나온 어떤 길이라도 의미 있단다.

돈은 잘 쓰는 게 더 어렵다

사람들은 돈에 대해 쉽게 오해를 한단다. 오로지 많이 벌기 위해 모든 것을 포기하고 인생을 낭비한 단다. 결국, 높은 연봉을 얻기 위해 영혼을 판 시 간을 억울해하기도 하고, 감당하지 못하는 소비로 공허함을 채우기도 한단다.

그런데 돈은 잘 버는 것보다 잘 쓰는 게 몇천 배 는 더 어렵단다. 잘 버는 것은 수많은 요소가 잘 결합해야 얻을 수 있단다. 결국, 엘리트 집단은 더 쉽게 그 정점에 도달할 수 있단다. 불편하지만 다 른 말로 하면 누구에게나 공평하게 주어진 기회는 아니란다.

태어난 순간부터 몇백억 자산을 가진 집에서 자란 아이는 무엇이든 시작할 때 부담이 적단다. 한두 번 넘어져도 든든하게 받쳐주는 기둥이 많단다. 그래서 과감한 선택과 아이디어를 현실로 실천하기 수월하단다.

결국, 실패에 대한 다양한 경험들이 그들에게 더 많은 성공을 가져다준단다. 그리고 여러 도전 속에서 배운 경험은 든든한 뿌리를 내리게 해주고 더 나은 다음 목적지로 그들을 인도한단다.

하지만 평범한 사람에게는 아주 작은 창업조차 모든 것을 건 인생의 도박인 경우가 대부분이란다. 그래서 두려움을 극복하지 못하고 그냥 주어진 대로 남에 돈을 받으며 평생 받는 만큼 그 수준에 머물며 살아간단다.

한마디로 내 월급의 크기만큼 내 삶을 가두는 것에 익숙해진단다. 그리고 생각보다 많은 사람들이 그렇게 살아간단다.

그렇지만 한 가지 돌파구는 존재한단다. 바로 돈을 현명하게 쓰는 법을 익히면 월급의 크기가 작아도 미래에 더 나은 삶을 만들 수 있단다.

습관은 반복되는 행동이 만들어내는 완벽한 결정체란다. 절약하고 분수에 맞는 소비 습관을 몸에 익히면 우연히 얻은 기회라도 평생 내 것으로 만들 수 있단다.

돈 때문에 하고 싶지 않은 일을 하면서, 만나고 싶지 않은 사람들 속에서 하루하루를 견딘 것에 대한 대가로 고용주로부터 돈을 받는단다. 그런데 이런 소중한 돈을 함부로 쓰면 결국 힘들게 일했던 모든 시간도 함께 낭비하는 것과 같단다.

돈은 쓰면 쓸수록 부족하단다. 우리의 지갑을 열기 위해 수많은 기업은 매번 신제품을 만들고, 새로운 유행으로 우리를 유혹하며, 유행이라는 반복되는 트렌드는 우리의 개성을 빼앗아간단다.

그래서 정말 가진 것이 넘쳐나는 사람들은 부담 없이 가장 먼저 그 흐름에 따라 새로나 온 유행을 먼저 소비한단다. 그리고 그런 소비를 하는 사람들을 동경하는 가진 것이 넘치지 않는 평범한 사람들은 자신의 호주머니 사정을 뒤로 한 채 그들을 따라 대리만족을 누리기 위해 신용카드를 내밀고 시선을 위한 소비를 한단다.

누구나 있어 보이고, 남들보다 더 괜찮아 보이고 싶어 하는 욕망이 있단다. 하지만 매번 이런 욕망을 따라가다 보면 결국 손에 쥔 것은 아무것도 없이 나이만 먹었다는 것을 알게 된단다.

유행을 따라가는 것보다 내게 정말로 어울리는 것을 찾고 남의 시선으로부터 해방되는 것을 배우는 것이 우선되어야 한다.

소비를 절제하고 필요한 곳에 돈을 사용하게 되면 남는 돈은 많아지고, 미래에 진짜로 원하는 것을 위한 종잣돈을 마련할 수 있단다. 최저시급 언저리를 받으며 힘겹게 밑바닥에서 일하는 사람이 당장 오늘 몸값을 높이는 유일한 방법은 돈을 잘 사용하는 것이란다.

조금 비참해도 어릴 때부터 습관을 만들어 둔다면 적어도 돈 때문에 비참하게 늙어 죽는 일은 막을 수 있단다.

 만약 네가 돈으로 태어났다면 너는 여기저기 막 쓰는 주인을 좋아하겠니? 아니면 적은 돈도 신중히 생각하며 아끼는 주인을 좋아하겠니?

 돈을 사용할 때는 이것이 필요한 소비인지 아닌지를 언제나 생각하고 충동적인 구매를 억제하고 반복되는 자신의 불필요한 소비 습관을 파악해야 한단다.

 노력하지 않으면 돈을 잘 쓰는 법을 배울 수 없단다. 돈은 멍하게 가만히 있는 사람을 좋아하지 않는단다.

가난은 창피한 게 아니라 불편한 거다

가난에 대해서 아빠는 할 말이 많단다. 아니 사실은 가난 때문에 고단했단다. 가난을 항상 등에 지고 다니는 느낌으로 학창시절과 20대를 보냈단다. 그래서 가난이 얼마나 사람을 비참하게 하는지 누구보다 잘 안단다.

가난해서 아빠가 인생에서 포기했던 것들을 정리하면 사랑, 꿈, 평범함, 학업 그리고 자존심이란다. 돈이라는 게 넘쳐도 문제가 되지만 정말 없으면 재앙이 된단다.

어린 시절 평범하게 하는 사랑도 돈 걱정에 머뭇거리고 좋아하는 사람을 만나는데 눈치를 봤단다.

나중에는 이런 행동 때문에 사소한 싸움으로 이어지고 결국 사랑했던 사람을 돈 때문에 보내주는 일도 있었단다.

그리고 꿈도 포기하게 만든단다. 무언가 해보고 싶고 도전해서 이루고 싶은 것들에 대해서 가난은 강력한 브레이크가 된단다. 내가 통제하는 브레이크가 아닌 강압적인 정지는 꿈을 꾸는 자유를 빼앗아간다. 그렇게 한 가지 두 가지 빼앗기다 보면 결국 모든 걸 내려놓게 되는 게 우리 사람이란다.

학업은 지금 와서 돌아보면 어쩌면 핑계일지도 모른다는 생각이 들기는 한단다. 물론 뒷받침이 든든하면 성적 유지에 도움은 되지만 공부라는 게 꼭 돈이 많아야 잘 할 수 있는 건 아니기에 무조건 가난했기에 학업을 포기했다고 말하기는 힘들 거 같구나. 하지만 어린 시절 아빠는 마치 돈 때문에 공부를 포기한 것처럼 원망했단다.

마지막은 평범함과 자존심이란다. 사실 이게 돈이 없어 겪는 가장 무서운 것 중 하나란다. 평범함에 정의는 사람마다 다르지만, 가난은 기본적인 권리조차 허락하지 않는단다. 그리고 무엇이 평범한 삶인지조차 생각할 여유를 허락하지도 않는단다. 그런 이유에서 정말 고단한 삶을 지속하는 사람들 표정은 어둡고 희망이 없어 보이기도 한단다.

또한, 돈은 자존심을 버리게 만든단다. 고개를 들고 당당하게 몇 번 대항해도 결국 고개를 숙이게 만든단다. 자존심은 혼자 지킨다고 지켜지는 것이 아니란다. 한 번 두 번 밟히다 보면 아프다고 말도 못 하는 초라한 자신을 발견하게 된단다.

하지만 조금 불편하고 포기해야 할 것들이 생겨나도 가난은 창피한 게 아니란다. 사실 네가 잘 못한 것은 없단다. 그냥 단지 가난한 집에서 태어난 것이 전부란다. 그래서 자신을 원망할 필요는 없단다. 모든 사람이 부유하게 태어나는 것도 아니라서 부끄러워할 필요도 없단다.

대신 빨리 현실을 받아들이는 것이 오히려 인생에 도움이 된단다. 그런데 앞에 말한 것처럼 가난은 조금 불편하단다. 그 불편함은 어쩌면 사소할 수도

있고, 성격에 따라서 불편하다고 느껴지지 않을 수
도 있단다.

쉽게 말해서 화장실이 한 개인 집에서 평생 자랐
다고 하면 아침 출근 시간에 온 가족이 화장실 앞
에 줄을 서서 바쁘게 움직이고, 급한 사람은 더 일
찍 일어나서 샤워하는 번거로운 일이 생길 수도 있
단다. 이런 것이 돈이라는 것이 주는 사소한 불편
함이란다. 만약 돈이 많은 집에서 태어나서 화장실
두 개 이상이라면 절대 이런 불편함을 아침에 경험
하지 않으니 그 상황을 전혀 알지 못하고 성장했겠
지.

하지만 이렇게 붐비는 화장실 때문에 삶이 창피해
지는 것은 전혀 없단다. 그리고 환경에 적응하는
게 우리란다. 만약 적응하기 너무 싫다면 더 많은
노력을 통해 화장실이 두 개가 있는 집으로 이사를
하면 된단다. 누군가는 운이 좋아 처음부터 주어진
것이라고 원망하기보다는 나중에라도 불편함을 조
금씩 제거하면 된단다.

물론 세상이 완벽하게 공평하다면 어쩌면 더 좋을지도 모르겠다는 생각을 아빠가 안 해 본 것은 아니란다. 하지만 공평하지 않아서 더 가치 있는 게 우리 인생이란다.

가난을 창피하게 여기는 사람은 자꾸 숨어버리고 원망을 늘어놓지만, 그냥 불편하다고 여기는 사람을 불편함을 편안함을 바꾸기 위해서 매일매일 노력한단다.

더 중요한 것은 스스로 창피한 사람이 되지 않는 인격을 갖추는 것이란다. 아무리 가진 게 많아도 부끄러운 행동을 부끄러운지도 모르고 사는 사람이 정말 창피한 것이란다.

안 하는 것과 못 하는 것

나이를 먹고 어른이 될수록 아주 분명히 드러나는 것이 있단다. 바로 경제적 능력 때문에 포기해야 하는 것들이지. 그런데 포기에는 두 가지 종류가 있단다.

어른이 되는 과정에서 자연스럽게 하고 싶은 것들은 늘어난단다. 살면서 보고, 듣고, 경험하는 것들은 욕망을 증가시키지. 하지만 하고 싶다고 모든 것을 다 하고 살 수 없다는 것을 깨닫는 순간 보통 사람들은 쉬운 선택을 한단다. 바로 포기라는 선택이란다.

인생의 우선순위를 무시한 채 닥치는 대로 현재

능력 범위 안에서 모든 것을 하면서 미래에 대해 준비를 포기하는 선택을 한단다. 그러는 이유는 그냥 당장 행복하고 싶은 충동 때문이란다.

그런데 시간이 지나면 생각 없이 행복의 크기를 그때 받았던 월급만큼만 스스로 제한시키는 삶을 선택한 것에 대해서 많은 후회를 한단다.

성공하고 행복한 삶은 결국 자기를 통제해서 진정으로 원하는 삶으로 자신을 인도해가는 과정이란다. 그러기 위해서는 작은 것을 위해 만족감을 구걸하지 말아야 한단다.

십만 원으로 살 수 있는 유행 타는 옷을 사면 당장은 만족스럽고 멋쟁이가 될 수는 있단다. 그리고 유행에 뒤처지지 않는 것 같다는 마약 같은 착각에 중독된단다. 하지만 매번 그렇게 소비하다 보면 결국 정말 인생에 필요한 가장 중요한 것을 포기해야 한단다. 그래서 인내하고 절제하고 끌려다니지 않는 자기 소신은 중요하단다.

아빠는 철저하게 오랜 시간을 참고 살았단다. 오

래된 중고차를 타고 다니고, 옷도 오히려 가장 유행을 타지 않는 단색, 그냥 싼 옷을 입고 다니게 되었단다. 물론 처음부터 이랬던 건 아니란다. 살면서 중요한 것들에 대해 무수히 고민했고, 결국 남들의 시선으로부터 자유로워지는 선택을 한 거란다.

모든 소비는 시선을 자극해서 구매본능을 일으킨단다. 결국, 기업은 끝없이 자극적인 것들을 구상하고, 그것들을 만들어서 사람들을 유혹해야 하는 일을 한단다. 여기서 일반 소비자들은 그들의 전략에 속아 넘어간단다. 그리고 재벌들의 호주머니를 계속 채워준단다.

뭐든지 본질을 바라보면 소비는 충분히 통제할 수 있단다. 옷은 우리를 신체 부위를 보호하고, 사회적 합의를 통해 일부를 가리는 역할을 하며, 계절에 따라 체온을 유지해서 야외 활동의 효율성을 증가시킨단다.

이런 단순한 기능을 위해 꼭 비싼 옷을 살 필요는

없단다. 오히려 자신에게 어울리는 패션을 알고 꾸미는 게 더 멋지고 꾸준한 인기를 유지하는 지름길이란다.

물론 자동차도 마찬가지란다. 효율성과 새로운 기능을 선보이며 기업은 매번 신차를 출시한단다. 하지만 자동차는 이동을 빠르게 하는 편의성과 날씨로부터 해방, 남 눈치를 안 보고 내 공간 속에서 이동하는 자유를 선서하는 게 본질이란다.

겉모습과 편의성, 연비를 내세우며 기업은 물가상승률에 맞춰 신차 가격을 계속 올리지만 결국 중고차나 신차나 자동차가 주는 본질은 큰 차이는 없단다.

낡은 자동차도 걷는 것보다 빠르게 우리를 빠르게 이동시킬 수 있고, 덥고 추운 날씨로부터 피할 수 있고, 사랑하는 사람과 단둘이 방해 안 받고, 운전하면서 나만의 공간에서 이야기할 수 있단다.

그래서 부자가 되기 위해서는 이런 소비 충동을

얼마나 현명하게 통제하는지가 중요하단다. 소비를 통제하지 못하면 목돈을 모으는 데 더 많은 시간을 들여야 하고, 목돈이 없이 나이를 먹으면 할 수 있는 것들은 점점 줄어든단다.

결국, 상황이 좋지 않아서 못하는 것들은 점점 늘어나는 인생을 살게 된단다.

만약 가난하게 태어난 사람이 젊은 시절 소비를 통제하지 못하고 눈앞에 욕구만 만족하고 살았는데 가장 소중한 사람이 아프게 되었다면 어떻게 될까?

병원비가 없어서 그 사람을 지키지 못했다면 그 사람의 남은 인생은 살아도 사는 게 아닌 시간으로 변하게 된단다. 그렇다고 무조건 짜게 아무것도 소비하지도 않고 만약을 위해 모든 것을 희생하라는 것은 아니란다. 하지만 모든 것을 따라 하는 흉내쟁이가 되기보다 정말 필요한 것을 구분해서 인생이라는 긴 여정을 준비해야 한단다.

자신의 내면을 채우는 것에 투자를 아끼지 않는

것이 결국 자기 만족도를 높이고, 빠르게 변하는 사회에서 차별성을 높여 나중에 원하는 것을 이룰 수 있는 행복의 열쇠를 가져다줄 거라고 아빠는 믿는단다.

부자에 대한 진정한 정의

부자에 대한 정의는 스스로 정할 수 있어야 한단다. 아빠도 살면서 부자는 무엇인지 수없이 생각했단다. 돈만 보고 부자를 정의한다면 비교할 대상이 너무 많아서 가진 것이 많아져도 만족을 모르는 불행의 늪으로 스스로 빠지게 된단다.

사람들은 부자는 돈이 많은 사람이라고 쉽게 정의한단다. 돈을 많이 가진 사람들은 어떻게 자신이 돈을 벌었는지 사람들에게 자랑하듯 성공담을 이야기한단다. 그리고 사람들은 그들의 이야기에 열광하지. 이유는 모든 사람은 부자가 되기를 원하기 때문이란다. 그 누구도 가난한 사람이 되기 위해 노력하며 가난을 인생 앞면에 걸어두고 살려고 하지 않는단다.

 아빠도 사회생활을 하면서 저축을 하고 투자를 하면서 어느 정도의 돈이 생기면 언제 어디서 멈추고 여유를 가져도 되는지 끝없이 고민했단다. 그런데 결론은 욕심은 끝이 없다는 것이었단다.

 불행하게도 어린 시절 생각했던 큰돈은 나이가 들고 보니 물가상승 때문에 가치가 하락해서 과거에 그 돈으로 할 수 있는 범위는 줄어들어 있었단다. 그렇게 되니 아빠도 더 욕심이 생겼단다. 그런데 언제 멈출지 결정을 못 하니 인생이 피곤해지는 것을 느꼈단다.

 결국, 나중에는 돈 때문에 지치게 된단다. 문제는 내가 정한 정확한 목표가 없으니 멈춰야 할 때를 정확히 알지도 못하고, 너무 돈을 불리는 것에만 집중하다 보니 놓치고 살았던 것들을 바라볼 시간도 가질 수 없게 된단다. 그래서 내 상황에 맞는 행복의 최소 범위를 정확히 정해두고 시작해야 한단다.

골인 지점이 없는 마라톤에서 그 누구도 승리할 수 없단다. 아무리 잘 뛰는 선수도 포기할 수밖에 없단다. 영원히 달릴 수 있는 사람은 없기 때문이지. 돈이라는 것은 많아도 문제, 없어도 문제란다. 하지만 많으면 인생에서 선택할 수 있는 폭이 넓어지고 힘이 생긴단다.

어른이 되고 사회로 나와 생활하면 정말 특별하고 독특한 사람들 속에 엉겨 살아가야 한단다. 혼자 살 수 없으니 피해 갈 수도 없단다. 하지만 돈은 그런 관계에서 선택적인 자유를 선서해 준단다.

정말 못된 상사에게 용기를 내서 바른말을 하는 힘, 사랑하는 가족들과 조금이라도 시간을 더 보낼 수 있는 여유, 남들에게 방해받지 않고 편하게 쉴 수 있는 공간의 자유, 하고 싶지 않은 것들로부터 거리 두기 등 사소하지만 우리에게 스트레스를 주는 것들로부터 조금은 자유로운 의사결정을 할 수 있는 선택권이 주어진단다.

그리고 나만의 선택을 할 수 있는 사람이 부자란

다. 그냥 물질적인 것을 모두 소유하는 것이 부자로 보일 수도 있지만, 부자들은 아빠가 말한 것들로부터 완벽한 독립을 이룬 사람들이란다.

남 밑에서 일하는 대신에 유능한 사람을 고용하고, 듣기 싫은 말을 억지로 듣는 대신 좋아하는 말을 전해 줄 수 있고, 정해진 시간에 맞춰 사는 게 아니라 내가 내 시간을 맘대로 사용할 수 있고, 좋아하는 일은 눈치 보지 않고 할 수 있는 사람이 부자란다.

학생인데 공부가 싫다면

지금 순수하고 한없이 맑은 너의 눈동자를 보면 영원히 지켜주고 싶다는 생각이 들곤 한단다. 분명 아빠에게도 그런 시절이 있었는데 지금은 항상 근심과 걱정으로 세상을 바라보는 것이 지칠 때도 있단다.

그런 의미에서 만약에 네가 걸어가는 길에 학교에서 하는 공부가 스트레스가 된다면 너무 애쓰지 않아도 된단다. 물론 그렇게 남들보다 많이 뒤처지면 그것도 분명 스트레스가 되겠지?

하지만 꼭 남들처럼 살아야 모범 답안은 아니란다. 공부가 좋아서 한다면 상관없지만 싫은데 억지로

하고 있다면 그건 옳지 않단다. 물론 무엇이든 인생에 중요한 시기라는 것은 존재한단다. 그런데 꼭 그 시기를 남들과 맞추는 게 행복하고 성공한 삶은 아니란다. 잠시 한눈팔고 다른 것에 관심을 가져도 내 인생이고 도움이 되는 거란다.

아빠는 뒤늦게 공부를 했단다. 누가 시켜서 한 것이 아니고 원해서 시작했지. 나이를 먹고 일하면서 공부까지 하려고 하니 너무 힘들고 지치기도 했지만 불행하지 않았단다. 오히려 미치도록 행복했단다.

물론 어린 시절 시기를 놓친 것에 대한 원망을 안해본 것은 아니란다. 하지만 원망한다고 달라지는 게 없다는 것을 빨리 인정했단다.

사람들이 정해 놓은 시기와 목표를 맞추는 것에 너무 집중할 필요는 없단다. 조금 조바심이 생기고 비교는 되겠지만 그보다 중요한 것은 너의 길을 포기하지 않고 가는 거란다.

아빠는 살면서 어린 시절 정말 천재 같다는 수많은 또래 친구들이 성인이 되면서 낙오하는 것을 봤단다. 그 친구들이 학창시절 이뤄 놓은 성적은 결국 인생이라는 큰 흐름 속에서 결국 한 점에 불과했단다. 그들은 자신이 원해서 열심히 공부했다기보다는 부모님과 주변 사람들에게 만족감을 주기 위해 자신을 안타깝게 태우고 있다는 것을 알았단다. 그래서 목적지에 도달하기 전에 다 타버리고 남은 게 없던 거지.

행복은 정말 성적순이 아니란다. 이 말은 믿어도 된단다. 그리고 네가 살아갈 미래는 지금보다 개인의 개성과 본인만의 신념, 가치관이 뚜렷한 사람이 인정받는 세상으로 변할 거라고 아빠는 믿는다.

그러니까 공부가 재미없고 싫으면 대신 네가 재미있고 하고 싶은 것을 찾아서 시간을 보냈으면 좋겠다. 살면서 교과서에서 배운 지식은 사실은 별로 쓸 곳이 없단다. 오히려 경험으로 배운 것들이 평생의 든든한 동반자가 된단다.

성적은 종이에 남고 노력은 가슴에 남는다.

성적이라는 단어가 너를 괴롭게 하는 날이 찾아올 거라고 아빠는 생각한단다. 공부를 잘해도, 못 해도, 중간 어디쯤 있어도 안타깝게 성적은 학생들에게 스트레스를 준단다. 물론 네가 공부 말고 다른 길을 택한다고 해도 특히 우리나라에서는 완벽하게 공부에서 벗어날 수는 없을 거란다.

세상이 많이 변하고 있지만 그래도 학창시절 노력에 대한 보상은 여전히 크단다. 물론 공부를 잘 한다고 무조건 성공하고 행복한 삶을 소유할 수 있는 것은 아니란다. 단지 다양한 선택지가 어린 나이에 펼쳐지고, 조금 더 다채로워 보일 뿐이란다.

대부분 어른이 되고 직장인의 영역으로 들어오면 다들 많은 후회를 한단다. 보통은 어릴 때 공부를 더 열심히 했다면 얼마나 좋았을까? 라고 후회로 시작한단다. 그런 후회와 부러움은 현재 자신의 삶에 대한 불만족에서 오는 것이 대부분이란다.

우리 사회가 공평해 보여도 보이지 않는 계급은 언제나 존재한단다. 가진 것 없이 태어난 자가 한 번에 많은 계급을 뛰어넘는 방법은 어쩌면 학창시절에 성적표가 가장 빠른 지름길이라는 사실은 틀린 말은 아니란다.

그럼에도 한 가지 기억해줬으면 좋겠다. 목적지도 없이 남들이 가지는 높은 성적표 숫자를 위해 너의 아름다운 청춘을 희생하지 않았으면 좋겠다.
물론 공부라는 그 행위 자체가 너에게 만족감을 주고 너무 행복하다면 그렇다면 괜찮겠지만, 아빠의 경험으로 비춰볼 때 그냥 공부가 너무 좋아서 하는 사람은 그렇게 흔하지 않단다.

아빠 어린 시절에 정말 우연히 공부가 취미인 아

주 조그맣고 피부가 하얀 친구를 만났던 적이 있단다. 항상 반에서 1등을 하고, 언제나 학교에서 책을 봤단다. 친해져서 그 친구 집에 놀러 가면 책상 위에는 언제나 교과서가 보였단다.

아빠는 공부를 썩 잘하지 못해서 그 친구가 부러웠단다. 마치 그 친구는 공부가 재미있어서 하는 것처럼 보였기 때문이지. 당시 아빠도 열심히 하기는 했는데 성적은 항상 중위권이었단다. 그래서 시험 기간이 끝나면 시험지를 구겨서 쓰레기통에 넣고 화를 많이 냈단다. 아빠가 원했던 것은 좋은 평균이고 성적이있기 때문에 결과에 너무 화가 난거지.

공부 잘하는 친구랑 정말 친해져서 많은 도움을 받아도 아빠 성적은 언제나 똑같았단다. 그래서 어느 날 아빠는 그 친구에게 직접 물었단다.

"너는 공부가 그렇게 재미있어?"

그런데 친구의 답변은 충격적이었단다.

"난 공부가 재미있어서 하는 게 아니야. 공부밖에 내가 할 수 있는 게 없어서 하는 거야. 너처럼 키도 크고 운동도 좋아하고 이것저것 할 수 있는 게 많으면 아마 나도 공부를 좀 덜 했을 거야. 근데 나중에 내가 먹고살려면 난 공부밖에 없다는 걸 알고 있지. 그래서 매일 공부하는 거야."

아빠는 그 친구가 1등이 좋고 공부가 좋아서 하는 줄 알았는데 사실은 그 반대였단다. 그리고 그 말을 듣고 나니 그 친구가 슬퍼 보였단다.

그래서 아빠는 네가 성적표에 노예로 살기보다는 네가 좋아하는 무언가를 향해서 끝없이 달려가는 그래서 조금 고단하지만 그래도 원하는 것을 당당히 표현할 수 있는 그런 사람으로 성장했으면 좋겠다.

그것이 꼭 공부가 아니어도 된단다. 꼭 무언가가 남들이 모두 선호하는 것이 아니어도 괜찮단다.

너의 가슴이 뛰고, 네가 찾은 그것이 너를 행복하게 하고, 시간 가는 줄 모른다면 조금은 험난해도 그 길로 담담하게 걸어가렴.

 정말 그 길이 아니라고 생각이 들어도 아빠는 옆
에서 묵묵하게 기다리며 언제나 너를 응원할 거란
다.

아빠, 엄마를 원망해도 괜찮아

약간은 고통스럽고 불편하겠지만, 네가 힘들면 아빠, 엄마를 미워하고 원망해도 괜찮단다. 그런 감정에 대해 죄책감 가질 필요는 없단다. 충분히 그 마음을 이해하고, 아빠도 사실 그랬단다.

하루하루 나이를 먹고 살아가는 게 뜻대로 되지 않고 답답할 때도 분명히 인생에 찾아온단다. 힘든 시기가 오면 주변을 둘러보게 되고 가장 먼저 눈에 들어오는 게 바로 부모님이란다.

보기만 해도 답답하고 이해 안 되는 말들과 행동을 보면 숨이 턱 하고 막히는 날도 경험할 거란다. 평생 미워할 수도 없고, 사랑하지 않을 수도 없는 미묘한 감정을 느끼면서 나쁜 생각을 한 것에 미안한 마음도 들겠지.

그런데 미안해하지 않아도 된단다. 어떤 사람도 부모를 선택해서 이 세상에 태어날 수 없단다. 살아가는 건 너의 몫이지만 너의 존재는 부모의 선택이었기에 원망하는 감정은 자연스러운 거란다.

아빠도 한참 힘든 일들을 경험하면서 정말 오랫동안 부모님을 원망했단다. 쉽지 않은 인생이 끝도 없이 벌어지는 게 모두 이 세상에 나를 존재하게 한 그분들의 잘못이라고 돌려버리고 싶었단다.

그렇게 부정하고 미워하고 나쁜 감정을 앞세워 표현하면서 죄책감과 미안함을 가슴에 차곡차곡 쌓았단다. 그런데 신기하게도 세월이라는 친구가 아빠의 죄책감을 가져가 주었단다.

물론 부모의 사랑을 이해하는 데 오랜 시간이 걸렸지만, 너를 통해 아빠는 그 위대한 사랑을 완벽하게 느끼고, 미움과 원망까지도 사랑하는 법을 배왔단다. 사실 부모가 돼야 비로써 그 진정한 사랑을 느낄 수 있단다.

어떤 감정인지, 어떤 사랑인지, 그 어떤 책에서도, 영화에서도 절대 배울 수 없단다.

아빠는 할머니가 젊은 나이에 치매에 걸려서 아빠는 가슴이 정말 타들어 갈 정도로 아프단다. 끝도 없이 힘든 삶이 한없이 원망스럽기도 했지. 그런데 어느 날 어린아이보다 더 어린아이가 되어 버린 할머니를 모시고 병원을 가려고 삼촌 집에서 하룻밤 잠을 잤단다.

아빠는 거실에서 잠을 잤고, 이른 아침 할머니는 사탕을 찾아 거실로 나와 냉장고를 뒤졌지. 아빠는 실눈을 뜨고 할머니를 바라보다가 다시 잠이 들었단다. 그런데 할머니가 잠을 자는 아빠에게 다가와서 이불을 덮어주고 조용히 방으로 들어갔단다.

모든 기억이 사라지고 원초적인 행동만 남은 아픈 할머니인데 그 손길이 너무 따뜻해서 아빠는 울어

버렸단다. 그리고 아파서 아빠를 너무 힘들게 했다
고 원망해서 할머니한테 너무 미안했단다.

 그날 아침 아픈 할머니를 보면서 아직 살아계심에
너무 감사함을 느꼈단다. 그리고 아직 볼 수 있음
에 이 세상이 눈부시게 빛이 나고 아름다웠단다.

 아빠는 그래서 준비가 되어있단다. 네가 태어난
순간부터 원망받을 준비를 했고, 마음을 단단히 단
련시키고 있단다.

 네가 아무리 상처가 되는 말을 아빠에게 해도 너
를 감싸 안고 언제나 응원할 거란다. 마치 아빠의
엄마가, 아빠의 아빠에게 그랬던 것처럼 아빠도 너
에게 그렇게 할 거란다. 살다가 뜻대로 되지 않아
서 힘들면 언제나 힘들다고, 왜 나를 만들어서 이
렇게 힘들게 살게 하냐고 소리치고 마음껏 원망하
렴.

 대신 너 자신을 미워하지 말아라.

 너는 이 세상에서 가장 위대하고 아름다운 하나뿐
인 소중한 존재란다.

실수는 성공의 추월차선이다.

우리는 살면서 실수를 참 두려워한단다. 남의 눈을 의식해서 그렇기도 하지. 실수했을 때 그 순간 분위기와 자신에게 밀려오는 실망감은 정말 감당하기 힘들단다. 그래서 어떤 일을 할 때 실수를 몇 번 하면 그 일은 인생에서 점점 멀리하려고 한단다.

그런데 그런 식으로 하나씩 밀어 내다보면 결국 멈춰있는 자신을 발견하게 된단다. 쪽팔림이 싫어서 성장하기를 포기한 것과 다를 게 없단다.

아빠는 참 많은 실수를 저질렀단다. 지나간 시간을 생각 보면 어이가 없고 아쉬웠던 부분들이 정말 많단다. 그리고 수없이 도망쳐 본 적도 많단다.

 몇 번 도망치고 피하다 보니 인생에서 내가 실수를 했던 행동을 다시 경험하지 않아서 마음에 안도감이 들고 잠시 편해지는 것을 느꼈단다.

 하지만 나이를 먹고 보니 내가 놓아버린 실수들을 평생 할 줄 모르는 사람이 되어있는 자신을 발견했단다. 쉽게 말하면 넘어지는 것이 두려워서 두발자전거 타는 것을 포기한 것이지. 나이를 먹고 배우려고 하니 이제 커져 버린 덩치 때문에 넘어지면 더 크게 다칠까 봐 무서워서 배우는 것을 영원히 놓쳐버린 거란다.

 나중에 너무 자전거가 타고 싶어서 곰곰이 고민하다가 보조 바퀴라도 달고 밖으로 나갔지만, 결국 다 큰 어른이 보조 바퀴를 달고 자전거를 탄다고 수군거릴까 봐 자전거를 조용히 숨기고 집으로 돌아온단다. 그냥 하고 싶으면 하면 되는데 체면은 우리에게 큰 걸림돌이 된단다.

 그래서 아빠는 많이 부딪치려고 노력했단다. 내가

못 하는 부분이 있으면 노트에 적고 똑같은 후회의 감정을 남기지 않기 위해서 실패를 극복하려고 시도를 했단다.

그리고 무엇인가 시작하는 것을 멈추지 않았단다. 일단 시작하고 보는 습관을 지니려고 애를 썼고 한 가지 원칙을 만들어서 철저히 지켰단다.

그건 '일단 시작하면 절대 멈추지 않는다'라는 원칙이란다.

이렇게 각오를 하고 실수를 해도 계속 반복하다 보니 시간이 지나고 그 일을 잘 하는 사람이 되어 있었단다. 아니 적어도 두려워서 영원히 그 일을 인생 뒤편에 두고 몰래 열어보는 것은 안 하게 되었단다.

어릴 때 아이들은 정말 많이 넘어진단다. 무릎에 상처도 많이 나고 가끔 피가 나기도 하지. 그런데 몸이 빠르게 성장하는 만큼 그런 상처도 빨리 사라진단다. 그래서 순수한 시절에는 대부분 용감하단다. 하지만 문제는 어느 정도 성장하고 자신과 남을 비교하기 시작하는 순간부터 그 용감한 행동은 멈추는 게 된단다.

실수해도 괜찮으니 멈추지 말았으면 좋겠다.

실수는 가장 인간다운 행동이란다. 절대 부끄러운 것이 아니란다. 정말 부끄럽게 생각해야 하는 것은 실수가 두려워서 가만히 서 있는 자신이란다.
그 어떤 사람도 처음부터 완벽하게 모든 일을 잘할 수는 없단다. 그리고 이 세상 그 누구도 두 발 자전거를 배울 때 넘어진단다.

아빠는 네가 실수를 즐기는 사람이 되었으면 좋겠다. 아빠가 실수를 즐기지 않았다면 영어 회화도 하지 못했겠지? 그랬다면 아마 우리 딸을 만나지도 못했을 거란다.
지금은 웃긴 이야기지만 아빠가 20대 초반 토익이라는 시험을 4년 동안 열심히 준비했단다. 그리고 첫 시험에서 260점을 받았단다. 물론 4년 동안 일하고 퇴근하면 공부를 했고, 기초가 없어서 대부분

엉뚱한 짓을 했지만 260점이라는 점수는 정말 쪽 팔리는 결과였단다. 그런데 포기하지 않았고 성적을 숨기지도 않았단다. 왜냐하면, 점수가 낮게 나왔다고 아빠 노력의 가치가 낮아지는 건 아니기 때문이지. 그리고 정말 열심히 노력했으니까 쪽팔릴 것도 없었단다.

스스로 당당하면 남들 시선 따위는 그냥 뒤로 넘겨도 사는 데 아무 문제가 없단다.

중요한 것은 그때 아빠를 비웃었던 사람들보다 지금 아빠가 영어를 더 잘 한다는 것이지. 가끔 그 사람들이 지난 시간을 잊고 아빠에게 영어 공부하는 법을 물어보면 속으로 웃음이 나기도 하지만 그래도 매우 친절하게 도와준단다.

너도 알겠지만 지금도 아빠는 엄마랑 영어로 이야기할 때 아직도 많은 실수를 한단다. 그런데 부끄럽지 않단다. 왜냐하면, 아직도 최선을 다하고 있기 때문이란다. 실수를 즐기다 보면 무한한 자신의 능력을 발견하게 된단다. 그리고 때로는 뜻밖에 기

회를 얻기도 한단다. 하지만 실수를 피하면서 살면
기회도 너를 피하고 떠난단다.

너무 힘들면 번지점프를 해보렴

아빠도 정말 힘들었던 시기가 있었단다. 지금 돌아보면 별일도 아닌데 그때는 너무 민감해서 죽고 싶을 만큼 힘들었지. 정말 의욕도 없고, 아침에 눈 뜨는 게 싫어서 이불에서 나오지 않고 머뭇거리고 그랬단다. 이런 시련을 겪으면 보통 사람들은 무너지고 지친단다. 안타깝게도 이런 아픔의 시간을 완벽하게 피하는 방법은 없단다.

시간의 차이가 존재할 뿐 누구에게나 시련은 찾아온단다. 감당하지 못할 아픔을 오랫동안 품고 살면 사람의 성격과 표정 그리고 태도까지도 변하게 만든단다. 사실 아빠도 그렇게 계속 어두워졌단다. 그래서 더는 살고 싶지 않다는 어리석은 생각을 한

적도 있단다.

'부모님이 주신 이 소중한 삶은 포기할 만큼 내가
힘든가?'

이런 생각을 수없이 해봐도 그 소중함보다 눈앞에
고통이 더 괴롭히니까 그냥 외면하고 싶었던 거란
다.

그때 우연히 강원도에서 번지점프를 하게 되었단
다. 사실 처음에는 무서웠단다. 손목 두께밖에 안
되는 줄 하나에 몸을 의지해서 높은 계곡 아래로
뛰어드는 것이 마치 자살행위처럼 느껴졌지. 그런
데 왠지 도전해보고 싶었단다. 그냥 머릿속에 잔상
처럼 떠돌아다니던 잡념과 고통을 날려버리고 싶었
지. 그래서 용기를 내서 점프대 앞에 섰단다.

심장이 빨리 뛰고, 손에서 땀이 나기 시작했단다.
주변에 소음은 한순간에 차단됐고, 호흡은 마치 전
력 질주 달리기를 한 것처럼 빨라졌단다.

무섭지만 포기하지 않고 앞으로 발은 내디뎠단다.

머릿속은 하얗게 변하고, 몸은 계곡으로 아무런 저항 없이 계속 떨어졌단다. 바람이 시원하다고 느끼거나 주변을 바라볼 여유조차 없었단다. 그리고 이제 곧 땅에 닿을 것 같다는 두려움을 느끼는 순간 얇은 밧줄이 아빠를 다시 하늘 높이 올려주었단다.

그 작은 밧줄 하나가 아빠에게 다시 삶을 시작하라고 말하는 것만 같았단다. 다시 힘차게 하늘로 올라갈 때 비로써 죽지 않고 '이 줄이 나를 지켜주겠구나'라고 생각했단다. 비로써 짜릿함이 느껴지고 푸른 하늘이 보였고 중력에서 해방되는 자유로움을 온몸으로 체험했단다.

사실 우리는 죽고 싶다고, 힘들다고, 모든 게 싫다는 말을 입에 달고 산단다. 그런데 모든 일은 시간이 지나면 막상 별 게 아니란다.

나를 미치게 했던 어떤 일도, 어떤 사람도, 기대에

못 미치는 성과도 결국은 목숨보다 소중하지 않단다. 그럼에도 매 순간 감당하기 힘든 역경이 닥치면 우리는 한결같이 힘들어한단다.

아빠는 나이를 먹으면 삶이 단조로워지고, 근심과 걱정이 사라진다고 믿었단다. 그런데 나이를 먹으면 성숙해진 만큼 더 큰 고통과 어려움이 인생에 방문하는 것을 지금은 알았단다.

그래서 그런 순간이 찾아오면 번지점프 했던 것처럼 작은 줄이 나를 끌어 올려준다고, 이 또한 언젠가 지난 일로 인생 뒷장에 두는 날이 분명 온다고 생각하며 넘겨버릴 수 있게 되었단다.

사실 뭐든지 처음이 두렵고 무섭단다. 그런데 처음이 없으면 마지막은 절대 인생에 존재할 수 없단다. 어떤 이들은 위험한 번지점프를 평생 살면서 한 번도 하지 않고 살아가기도 하지만, 어떤 이들에게는 짜릿함과 해방감을 주는 스포츠가 되는 것처럼 말이지.

어려움이 찾아오면 언제나 즐길 수는 없겠지만, 그렇다고 너무 뒤로 물러나지 않았으면 좋겠다. 한 번 뒤로 물러나면 계속 뒤로 가고 싶어진단다.

조금 머뭇거려도 괜찮으니 두 눈을 감고 점프대 앞으로 몸을 던지는 용기 있는 삶을 살았으면 좋겠다. 아빠는 언제나 너의 인생에 작은 밧줄이 되어 주기 위해서 노력할 거란다.

억지로 웃지 않아도 된단다

웃음은 정말로 매력적인 우리 인간이 가진 무엇과도 바꿀 수 없는 표현의 도구란다. 웃음으로 감정을 표현하는 것은 정말 글로 담을 수 없는 그 이상의 아름다움이라고 생각한단다.

우리들의 웃음은 감정표현의 수단으로는 최고지만 반대로 우리에게 주름살을 더 빨리 안겨준단다. 하지만 웃는 얼굴로 나이를 먹은 사람은 가만히 무표정으로 있어도 웃는 모습으로 늙는단다. 반대로 항상 어두운 표정으로 지낸 사람이 가만히 있으면 사람들로부터 오해받고 더 어둡게 본단다.

사실 이런 글을 쓰는 아빠도 잘 웃지 않았단다.

그렇게 웃을 일이 많은 인생을 살지 못했단다.

 하지만 이런 아빠를 가장 많이 웃게 한 건 바로
너였단다. 마치 전염성이 강한 바이러스처럼 너의
웃음과 행동, 말투는 웃음이 없는 아빠를 웃음 바
이러스로 전염시켰단다. 그래서 조금은 늦은 나이
에 조금은 밝아지는 것 같아서 항상 너에게 고맙단
다.

 웃음에 대해서 아빠가 해주고 싶은 말은 무조건
웃으라는 말이 아니란다. 사실 정말 웃고 싶을 때
만 웃는 사람이 되었으면 한단다.

 살다 보면 웃음도 정말 도구처럼 상황과 환경에
맞춰서 억지로 만들어지는 게 현실이란다. 어떤 사
람들은 그런데도 억지로라도 웃는 사람이 더 좋다
고 말하겠지만, 아빠는 네가 정말 행복할 때 웃었
으면 좋겠다. 다른 사람들을 위해서 억지웃음을 짓
는 것보다 차라리 기분이 별로면 그냥 별로인 상태
로 사람들과 지냈으면 좋겠다.

기분이 언제나 좋을 수는 없단다. 오히려 억지웃음으로 대부분을 보내는 사람이 있다면 그 사람은 행복한 척하는 안쓰러운 삶을 사는 게 아닐까 싶단다.

사람은 정말 좋아서 웃을 때 정말 특이한 소리가 나기도 하고, 이상한 손동작이 나오기도 한단다. 어떨 때는 벌레가 입에 들어가는 것도 모를 정도로 정신없이 웃기도 한단다. 사실 이런 웃음이 진짜 웃음이란다.

남들에게 좋은 인상을 주기 위해서 짓는 억지 미소와 진짜 웃음을 구분하지 못하면 진짜로 웃어야 하는 상황에서도 미소로 대처하는 사람이 된단다.

물론 아빠는 네가 행복에 미쳐 항상 웃음이 넘쳐나는 삶을 살았으면 하고 바란단다. 욕심이기는 하지만 이 세상 어떤 부모도 자식의 불행을 바라지 않기 때문이지. 가끔은 우울해도, 슬퍼 보여도, 웃을 일이 없어도 괜찮으니 감정을 솔직하게 보여주는 사람이 더 아름답단다.

재능만 믿으면 노력을 못 배운다

아빠는 너에게 공부를 잘 하라고, 좋은 직장을 얻고 성공하라고 말하고 싶지 않단다. 아니 그런 것을 너에게 강요하고, 대리만족으로 아빠의 늙고 초라해진 삶을 채우고 싶지 않단다.

하지만 단 한 가지 바라는 것이 있다면 바로 꾸준함이란다. 모든 행동에 끈기를 발휘하라고 강요하는 것은 아니란다. 끈기가 주는 그 놀라운 결과물에 대한 성취감을 계속 맛봤으면 하는 거란다.

사람들은 살면서 시작과 포기를 무한으로 반복한단다. 하루에도 몇 번이나 어떤 일을 시작하고 포기하지. 물론 빠른 포기가 나쁘다고 말하는 건 아니란다. 충분히 포기할 수 있단다. 어쩌면 시작도 못 하는 사람보다 포기를 경험한 사람이 더 값진 시간을 보냈다고 생각한단다.

그런데 시작을 통해 마지막에 도달한 사람들은 정말 다른 인생을 만들어간단다. 그것은 태어나면서 주어지는 개인별 능력치와는 차원이 다른 힘이란다. 사람들은 완벽하게 일치하는 신체조건과 능력을 갖추고 태어나지 못한단다. 쌍둥이라고 해도 불가능하단다. 물론 모두가 다르다는 것이 우리의 삶을 다채롭게 하고 흥미롭게 한단다.

하지만 아무리 뛰어난 유전자를 가지고 태어난 사람도 끈기가 없으면 결국은 평범해진단다. 아빠는 살면서 자신의 재능을 땅에 버리고 사는 수많은 사람을 만났단다. 정말 아빠가 살면서 갖고 싶은 위대한 능력을 지니고 있음에도 활용하지 못하는 사람들을 보면서 부럽기도 하면서 한심하다고 생각했단다.

아빠는 학창시절 암기력이 좋은 친구들을 무척이

나 부러워했단다. 정말 단시간에 교과서를 줄줄 외우는 그런 부류의 친구들을 보면 질투가 나서 화가 치밀어 올랐단다. 왜냐하면, 아빠는 정말 암기를 못 했단다. 말 그대로 머리가 나쁜 거지. 그래서 매일 시험 기간처럼 공부하고 몇십 번 책을 읽어도 시험에서 평균 90점 이상 받는 일은 없었단다.

사실 모든 걸 포기하고 싶었단다. 그래서 고등학교 1학년 때 큰맘 먹고 머리 좋은 친구들을 따라 시험 전날 벼락치기를 했단다. 결과는 반에서 꼴찌를 했단다. 공부했을 때 중간은 됐는데 벼락치기를 하니 정말 비참한 결과를 얻었단다. 그때 아빠는 배웠단다. 그나마 노력해서 중간이라도 가는 게 더 기분이 좋다는 것을 말이다.

그리고 사회생활을 시작하고 얼마 후 짧은 성취를 우연한 기회를 통해 경험했단다. 당시 초등학생들도 쉽게 붙는 컴퓨터 자격증이었는데, 아빠는 그 시험의 필기시험을 5번이나 떨어졌단다. 그런데 자존심 때문인지 포기하기 싫었단다. 그래서 결국은 6번 시험을 보고 아빠 손에 자격증을 얻어냈지.

그 작고 살면서 쓸데도 없는 자격증 하나가 아빠를 지금까지 오게 했단다. 한 개의 자격증은 다른 컴퓨터 자격증으로 아빠를 끌어당겼고, 물론 암기력이 좋지 않아서 고생했지만 노력하면 결과가 나온다는 것을 알게 되었단다. 바로 나에 대한 믿음이 생긴 거란다.

그렇게 하나하나 성취의 성을 쌓았단다. 결국, 남들이 쉽게 포기한 영어 회화도 하게 되었고, 몇 번이나 교수님에게 처참하게 거절당했지만, 대학원에서 졸업 논문도 썼단다. 물론 책도 쓰게 되었지.

나란 사람은 내가 좋아서 시작한 일은 시간이 오래 걸릴 뿐 분명히 달성한다는 주문을 스스로 걸어버린 거란다. 그 주문은 마력이 너무나 강해서 한 번 걸리면 절대 벗어날 수 없단다.

그 주문은 간단 하단다. 바로 '난 마음먹으면 무엇이든 할 수 있다'라고 외치고 바로 행동하는 거란다.

이런 믿음은 어떤 어려운 도전도 두렵지 않게 만든단다. 결국, 어린 시절 아빠 앞에서 100점짜리 시험지를 들고 다니던 몇 명의 친구들보다 아빠는 지금 더 많은 것을 해 본 사람이 되었단다.

무엇인가를 처음부터 잘 하는 것은 그렇게 중요하지 않단다. 그것을 재능이라고 표현하기도 하지만 재능만 뛰어난 사람은 결국 노력과 끈기로 무장한 사람 앞에서 무너지게 된단다.

재능이 뛰어나면 노력의 가치를 배울 수 없단다. 결국, 더 험하고 높은 산에 올라갈 근력을 만들 수 없기에 항상 앞동산만 뛰어다니면 자기만족이라는 함정 속에 살게 된단다.

주변에 뛰어난 사람이 있어도 절대 부러워할 필요 없단다. 인생은 마지막에 웃는 사람이 결국 승자라는 것을 절대 잊지 말기 바란다. 그리고 너 자신을 믿고 끝없이 기회를 줘야 한단다.

혼자 여행을 즐기는 사람이 되기를

고독을 즐기는 사람은 별로 없단다. 고독은 외로움을 불러오기 때문에 사람들은 스스로 고독해지려고 노력하지 않는단다. 그래서 옆에 누군가 있는 것이 꼭 외로움을 해결하는 정답처럼 여기기도 한단다.

하지만 우리는 고독한 존재란다. 받아들이기 힘들어도 고독과 친숙해지는 법을 빨리 배운다면 정말 어려움이 닥쳐도 쉽게 이겨낼 수 있단다.

누군가에게 기대고 위로받고 싶은 것은 그만큼 스스로 견뎌 낼 힘이 부족하다는 거란다. 남에게 기대는 만큼 실망도 찾아온단다. 그래서 아빠는 결혼하기 전에 기회를 만들어서 홀로 여행을 다녔단다.

처음 혼자 여행을 떠난 곳은 제주도란다. 떠난다는 것에 의미를 더 부여하고 싶어서 섬으로 떠났단다. 무턱대고 아무런 준비도 없이 떠난 짧은 여행에서 많은 성장을 경험했단다.

어린 시절 남의 시선을 많이 의식하던 아빠였는데 용기 있게 떠난 여행에서 가장 쑥스러웠던 순간은 혼자 식당가서 밥을 먹는 것이었단다. 처음에는 올레길을 따라 걷고 또 걷다가 간단한 음식을 사서 길어서 혼자 먹었단다. 시간을 아낀다는 구차한 변명을 스스로 만들었지만 사실 사람이 많은 식당에서 혼자 밥을 먹는 게 불편했던 거지.

당시만 해도 혼자 밥을 먹는 것이 참 어색한 장면이었단다. 물론 글을 쓰는 요즘은 혼밥, 혼술 등 홀로 즐기는 삶이 보편화 되었지만 말이야. 그때는 약간 초라한 사람 또는 같이 여행 올 사람도 없는 사람으로 바라봤단다.

그래서 여행 마지막 날 용기를 내서 유명한 식당

을 찾아 들어갔단다. 종업원이 아빠에게 몇 분이세요? 물어봤고 아빠는 태연하게 거짓말을 했단다.

 일행이 있다고 말을 해버렸지. 그리고 거짓말의 대가로 흑돼지를 3인분 시켰단다. 젓가락과 숟가락을 건너편에 세팅하고 소주 한 병을 시켜서 마치 곧 일행이 올 것처럼 위장하고 혼자 식사를 했단다.

 근데 식당에서 밥을 먹을 때 그 누구도 아빠에게 관심을 가지지 않았단다. 남들은 관심도 없는데 아빠 혼자 괜히 의식했다는 것을 그때 알았단다.

 여행을 마치고 다시 일상으로 돌아와서 그동안 사소한 것에 의식했던 아빠 자신이 조금은 해방되었다는 걸 느꼈단다. 혼자 밥을 먹을 때 미리 걱정했던 것처럼 다른 일을 할 때도 먼저 겁을 내거나 걱정을 할 필요가 없다는 것을 배울 수 있었단다.

 그런 배움을 얻고 몇 년이 지나서 아빠는 더 멀고 큰 곳으로 홀로 여행을 떠났단다. 직장에서 승진과 앞날의 걱정을 뒤로하고 공부를 하러 해외로 어학

연수를 떠났단다. 그렇게 필리핀에서 어학연수를 시작했지. 처음에는 어색하고 걱정되었지만 다른 여러 곳에서 온 사람들과도 시간이 지나자 친하게 지낼 수 있었단다. 한국 사람뿐 아니고 다양한 외국인 친구들도 사귈 수 있었단다.

소극적인 성격이라고 여겨왔던 아빠였는데 사실 어느 정도 사교성도 숨겨져 있었다는 것을 발견했단다. 그리고 함께 어울리고 싶으면 모르는 사람들 사이에 들어가서 어색함을 이기는 법도 배웠단다.

물론 그 모든 순간이 완벽한 퍼즐 조각으로 마무리된 건 아니란다. 여전히 후회는 존재한단다. 예를 들면 조금 더 적극적으로 어떤 일을 해야 했는데 라는 평범한 후회들이란다.

그중에 기억에 남는 한 장면이 아직도 아빠 머릿속에 살아 숨 쉬고 있단다. 필리핀 연수를 마치고 복직해서 2년 동안 다시 일을 하다가 아빠는 영국으로 다시 떠나기로 결심했단다. 워킹홀리데이 비자가 생겨서 신청했는데 운이 좋게 나온 거지. 그래서 직장이 장난이냐고 하는 비난과 손가락질을 뒤로하고, 마이너스 통장으로 대출을 받아 무턱대고 다시 휴직하고 영국으로 떠났단다.

처음으로 숙식을 했던 게스트하우스에서 운 좋게 일자리 제안을 받아서 비싼 숙박비를 해결하면서, 사람들과 이야기도 나누고 손님이 없을 때는 사장님과 직원들과 함께 영국 시내를 걷기도 했단다. 나중에는 외국인들이 다니는 학원에 등록해서 자격증 취득을 위해 유럽인들 틈에서 함께 공부를 했단다.

그 학원에서 한국인은 아빠가 유일했단다. 매일 학원에 가서 수업을 듣고 서로 다른 곳에서 온 사람들과 영어로 수다를 떨면서 하루를 마감했단다. 그리고 실습까지 마치고 호텔 리셉션 자격증을 받았단다.

축하의 의미로 수료식 날 우리는 작은 호프집을 빌려서 강사분들과 학생들이 모여 술을 한잔했는데, 같은 반에서 수업을 듣던 스페인 여학생이 아빠에게 춤을 추자고 제안을 했단다.

 춤을 추는 것이 쑥스러워서 머뭇거리는 사이에 말을 했던 그 학생도 머쓱했는지 실망하는 표정을 지었단다. 물론 아빠는 그 학생과 춤을 못 추고 다시 자리로 돌아와 술만 먹었단다. 근데 10년이 지난 지금 와서 생각해보면 그때 용기를 내서 남들이 보던, 안 보던, 신경 쓰지 말고 같이 춤을 췄으면 좋았을 걸 하는 이상 잔잔한 후회가 남았다는 것을 알게 되었단다.

 물론 대단한 사건은 아니란다. 그 이후 아빠는 집안 사정으로 급하게 한국으로 귀국했고 영국은 지금까지 다시 가보지 못했단다. 영원할 거 같은 젊음도 시간이 지나면 추억이 된단다. 그런 젊고 아름다운 기억은 추억으로 영원히 우리 가슴속에 살아 숨 쉰단다.

 이런 경험을 말해주는 이유는 이렇게 작은 사건들이 우리를 더 단단하게 만들어 준다는 것을 알려주기 위해서란다. 생각해보면 그 스페인 여학생과 춤을 추지 못한 것이 생각나는 이유는 새로움을 외면했기 때문이라고 생각한단다. 물론 춤을 췄다고 인생에서 뭔가 크게 달라진 것은 없었겠지만, 나이를 먹고 뒤로 물러난 어린 시절의 아빠가 그립고 지금은 그런 기회를 가질 수 없어 아쉽기 때문이란다.

혼자 여행을 떠나면 자기 자신을 마주할 기회를 얻는단다. 혼자여서 외롭기도 하지만 혼자이기 때문에 얻는 감정도 분명 존재한단다. 그리고 그런 감정들은 너를 성장시킨단다.

물론 나중에 혼자 오지로 네가 여행을 간다면 아빠는 걱정하겠지만, 그래도 아빠가 용기를 냈던 옛날을 떠올리며 너를 응원할 준비를 하고 있단다.

세상은 정말 넓단다. 스스로 좁은 세상 안에 머물기를 선택하지 말아라. 밖으로 나가는 문은 언제나 열려있단다. 더 많은 것을 보고 느끼고 후회도 하면서 어른이 되었으면 좋겠다.

천천히 어른이 되었으면

어른을 국어사전에서 검색하면 '다 자란 사람 또는 '자기 일에 책임을 질 수 있는 사람'이라고 제일 먼저 나온단다. 다음으로는 '나이나 지위나 항렬이 높은 윗사람, 그리고 결혼을 한 사람'이라고 나오지.

사실 어른이라는 단어에 나이를 가장 먼저 떠올리는 게 우리나라 문화이기도 하지만 나이만 먹었다고 무조건 어른이 되는 것은 아니란다.

아빠는 어른이란 책임과 더 밀접한 관계가 있다고 생각한단다. 그래서 결혼한 사람을 어른이라고 표현하는 것이 충분히 이해가 된단다. 그렇다고 결혼을 안 하면 어른이 안 된다는 것은 아니란다.

모두에게 적용되는 것은 아니지만 결혼을 하면 조금 더 성숙해지고 책임감이 늘어나는 것은 사실이란다.

아빠는 우리 인간은 태어나면서부터 상당히 이기적인 성향을 지녔다고 생각한단다. 아마도 생존과 직결되기 때문에 이기적인 행동은 선택이 아닌 필수가 되었을지도 모르지만, 모든 것 중에서 나를 우선시하는 것은 불편한 꼴불견이 아니란다.

아빠, 엄마도, 그리고 너도 자기 인생에서 자신을 중심에 두는 것은 정말 자연스러운 일이란다.
살다 보면 자신이 정말 어른이 되었다고 알게 되는 때가 인생에 찾아온단다. 그때는 바로 본인의 힘든 일을 가장 가까운 사람에게조차 감추기 시작할 때라고 아빠는 생각한단다.

아빠에게는 모든 비밀과 힘든 고민을 털어놓을 수 있는 한 사람이 있었단다. 바로 너의 할머니였단다.

지금 생각하면 참 철없는 아들이었던 거 같다는 생각이 든다. 이유는 세상에서 아빠를 가장 믿고 사랑하는 영원한 내 편에게 계속 고통을 줬기 때문이란다. 아빠가 힘들 때 한 모든 말들은 할머니 가슴에 상처로 남는다는 것을 생각하지 못했기 때문이란다.

직장에서 힘들다고, 여자 친구가 나를 싫어한다고, 노력했는데 성적이 안 나온다고, 집에 돈이 없어서 하고 싶은 일을 못 한다고 그냥 속풀이로 너무 편해서 던진 말들이었지만, 아마 할머니는 아빠 말을 듣고 밤잠을 이루지 못했을 거라는 것을 지금은 알아버렸단다.

신기하게도 정확히 기억나지는 않지만, 어느 순간부터 아무리 힘들어도 할머니에게 내색하지 않으려고 노력했단다. 물론 친한 친구들에게도 사는 게 힘들다고 투정 부리는 것도 조심스러워졌단다.

결국, 모든 삶의 고통을 혼자 감수하겠다는 책임감에서 이런 행동이 시작되었다는 것을 알게 되었

단다. 사실 불만과 힘든 일을 다른 사람에게 말해
도 해결되는 건 없단다. 그리고 뜻대로 인생이 돌
아가지 않는다는 것은 누구에게나 공통적인 부분이
란다.

이기적으로 힘들다고 그냥 툭툭 말을 던지기 전에
그 말을 들으면 나보다 더 힘들어할 사람을 먼저
걱정하고 떠올리기 때문에 어른이 되면 입은 점점
더 무거워진단다.

그래서 아빠는 네가 천천히 어른이 되었으면 좋겠
다. 늦은 나이가 돼서도 아빠, 엄마에게 투정 부리
고 힘들다고 말을 했으면 좋겠다. 항상 행복하고
원하는 것만 이루면서 사는 것은 힘들겠지만 적어
도 할머니가 했던 것처럼 아빠도 너의 걱정을 오랫
동안 들어주고 싶단다.

물론 아빠가 힘들어할까 봐 걱정되겠지만 걱정하
지 않아도 된단다. 아빠도 용기를 내서 지금까지
닫아 둔 마음을 열어 너에게 투정을 부릴 거란다.

사는 게 힘들다고, 나이 먹는 게 두렵다고, 한 해가 지날 때마다 몸이 예전 같지 않아서 걱정이라고, 하고 싶은 게 많은데 나이를 먹다 보니 실패가 두렵다고, 엄마 눈치가 보이고, 열심히 살았는데 인생이 허망하다고 이런 식으로 투정 부릴 거란다.

어른이 빨리 되면 내면의 삶은 무한하게 무거워진단다. 그 무게감은 겉으로 드러나지 않지만 매 순간 발을 내디딜 때마다 작고 큰 고통을 준단다. 근데 같이 손을 잡고 걸으면 그 고통도 견딜 만 하단다.

너는 내 삶의 전부란다. 아빠가 죽는 순간 인생이 아름답다고 말한다면 그것은 분명 너를 만났기 때문이란다.

책을 마치며

 이제 일곱 살인 아직 한없이 어리고 순수한 너를 보면서 아빠가 이런 글을 쓴 이유는 사실 아빠는 겁쟁이라서 그렇단다.

 사는 게 두렵고 힘들었기에 너에게 기준점을 남겨 주고 싶은 것도 있었지만, 정말 글을 남기는 이유는 우리 인생은 정말 내일 무슨 일이 생길지 아무도 모르기 때문이란다.

 아빠는 인생에서 가장 소중한 할아버지와 할머니를 조금 빨리 잃었단다. 물론 할머니는 아직 살아 계시지만, 치매로 본인의 존재와 지나온 시간을 잃어가고 계시지. 사실 아빠에게는 너무나 큰 충격이었단다.

 책을 쓰는 아빠도 어른의 모습으로 담담한 척 살아가지만 사실 아직까지도 부모님의 손길이 그리운 어른 아이라는 것을 잘 알고 있단다.

열심히 살았지만 아직도 사는 게 힘들고 버거워서 잠시 쉬고 싶은 순간이 하루에도 수없이 몰려온단다. 물론 너를 만나고 많은 힘을 얻어 살아가고 있지만, 나이를 먹은 지금도 여전히 위로가 필요하고 투정 부리고 싶은 마음은 한결같단다.

그래서 불안했단다. 혹시 네가 어설픈 어른이 될 시점에 아빠에게 무슨 일이 생길까 봐 무서웠단다. 그리고 아빠 때문에 네가 혹시나 힘들어하거나 네게 아무런 도움이 못 될까 봐 걱정되었단다. 그래서 글을 쓰기 시작했단다.

바쁘게 일을 하고 퇴근해서 너의 자는 모습을 방문 틈 사이로 보면 아빠는 세상을 다 얻은 것처럼 행복하면서도 항상 너에게 미안했단다.

누군가 일어나지도 않은 일을 왜 미리 걱정하냐고 겁쟁이라고 아빠에게 말한다면 아마도 겁쟁이가 맞는 거 같구나. 그런데 아빠도 부모님이 이렇게 빨리 아빠 곁을 떠나지 않았다면 지금보다는 덜 두려 웠을 거라고 말하고 싶단다. 부모님 때문에 경제적 으로 어려워져서 힘들다고 말하는 것이 아니란다. 부모님이 살아계셨다고 해도 돈 문제는 아빠가 스 스로 해결해야만 했겠지. 그보다 마음의 안식처를 잃어버린 표현 할 수 없는 공허함을 말하는 거란 다.

그래서 너에게 혹시나 이른 나이에 고통의 시간이 찾아온다고 해도 위로가 되고 마음의 안식처가 되 어주고 싶었단다.

우리는 평생 죽지 않을 것처럼 살아가지만 인생은 그리 길지 않았다. 그래서 비슷해 보이는 반복되는 일상이 더 빛이 난단다. 우리의 하루는 똑같은 것 처럼 보여도 절대 똑같은 하루가 반복될 수 없기 때문이지. 정말 작은 것들이 하루하루 미묘하게 다 르단다. 그래서 인생은 아름답고 가치 있단다. 물 론 아빠는 너의 곁에서 오랜 시간 머물기 위해 노 력할 거란다.

운동도 열심히 하고, 더 젊은 아빠로 남기 위해 마스크 팩도 하고, 귀찮지만 밖에 나갈 때 선크림도 바르면서 매일매일 아름다워지며 성숙해지는 너의 곁에 더 젊은 모습으로 남기 위해 노력할 거란다.

사실 부모라는 무게감 때문에 처음에는 정말 두려웠단다. 아빠도 아빠는 처음이라서 겁이 났던 거지. 나 하나 챙기기도 버거운 인생인데 나만 바라보는 어떤 존재가 생긴다는 것 자체가 무서웠던 거란다. 하지만 너를 얻고 나서 아빠는 또 한 번 태어나고 계속 너와 함께 성장하고 있단다.

처음으로 내 목숨보다 소중한 것이 무엇인지 알게 되었단다. 만약 너에게 무슨 일이 생겨 아빠의 목숨과 바꿔야 한다면, 단 1초도 머뭇거리지 않고 너를 위해 세상과 오늘 이별할 수 있단다.

사랑하는 내 딸아 나는 너를 통해서 새로운 인생을 얻었단다. 그만큼 너는 그 무엇과도 바꿀 수 없는 소중한 존재란다. 지금은 어리고 순수한 네가 살면서 앞으로 어려운 일을 경험하고, 무서워서 피하기도 하면서 눈물 흘릴 날이 많을 거라는 것을 아빠는 알고 있단다. 하지만 너무 힘들어하지 말고 당당하게 하나씩 너만의 이야기를 만들어 나갔으면 하는구나.

이 책 속에 수많은 조언이 너에게 도움이 될지는 사실 모르겠다. 사실 꼭 아빠 생각처럼 대처하고 행동하는 것이 현명하다고 말하고 싶지는 않구나. 아빠가 정말 원하는 것은 너만의 인생을 만들어 나가면서 넘어지기도 하고 상처 때문에 불편하고 아픈 날을 경험하면서도 절대 포기하지 말고 너만의 인생을 조금씩 스케치하는 거란다.

시간이 조금 걸릴 뿐 상처는 결국 아문단다. 그러니까 어떤 실패에도 다시 일어나서 앞으로 나가거라. 아빠는 언제나 너를 응원할거란다.

아빠 딸로 태어나줘서 정말 고맙다.
사랑한다. 우리 딸.

조금 서툰 인생이라도
너라서 아름답다.

발 행 | 2022년 9월 6일

저자 | 고용환(수아팝)

펴낸이 | 한건희

펴낸곳 | 주식회사 부크크

출판사등록 | 2014.07.15.(제2014-16호)

주 소 | 서울특별시 금천구 가산디지털1로 119 SK트윈타워 A동 305호

전 화 | 1670-8316

이메일 | info@bookk.co.kr

ISBN | 979-11-372-9423-3

www.bookk.co.kr